幼稚园

你们人类的爱情
真难攻破

韩寒 主编

浙江文艺出版社
Zhejiang Literature & Art Publishing House

果麦文化 出品

喜欢就会放肆，但爱就是克制。

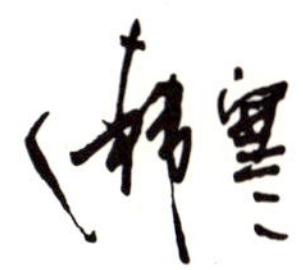

人生不就是先进攻
再撤退，中间夹上一
句我爱你？

by 菲兹杰拉德

Fitzgerald

只有不快乐的人
才想知道未来。

Kate Morton

by 凯特・莫顿

我生活在妙不可言的等待中，等待随便哪种未来。

Andre Gide

by 安德烈·纪德

爱情有它自己的伦理，
一深思，
就无可挽回地违反了它。

John Updike

by 约翰 · 厄普代克

我们不断地想为自己
找一条出路，
但又永远为自己的
激情与感觉所禁锢。

by 基耶斯洛夫斯基

Krzysztof Kieslowski

STORY 故事

目录 Contents

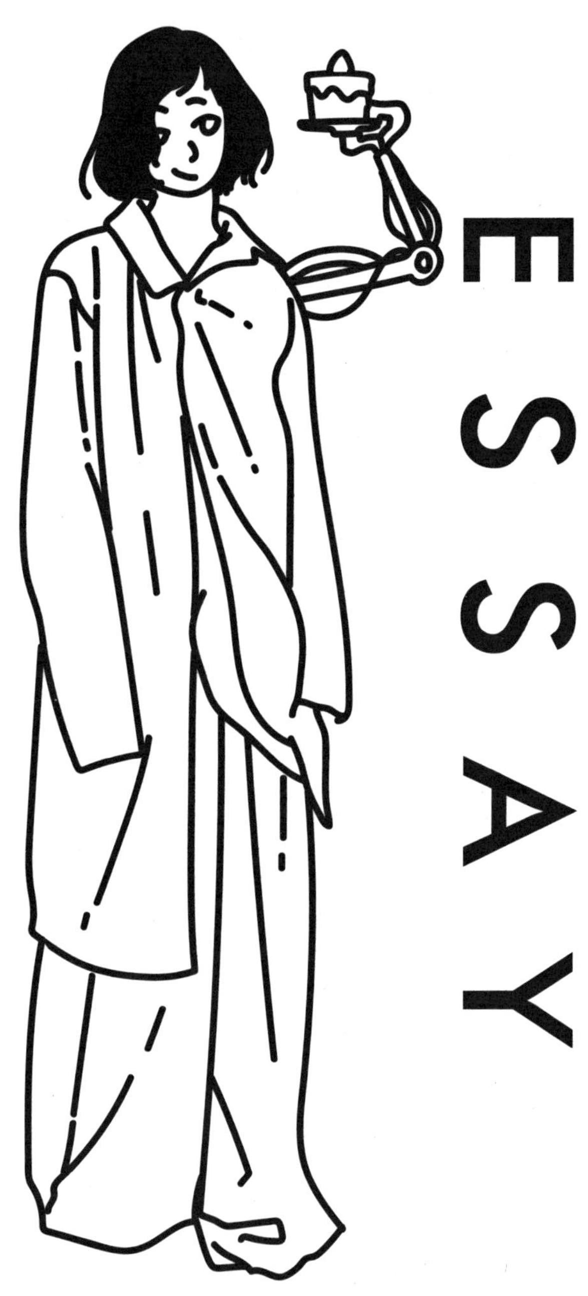
ESSAY

随笔

Keynote ———

爱情里最吊诡的是，你怀疑的一切都会成真。

爱的恐怖主义

by 荞麦

写作者。正在练习写没有人看的小说

我的爸妈都出生于20世纪50年代后期，他们经历了贫困的童年和青年时代，又经历了“文革”，很多人都没有能够完成最基本的教育。

就好像蹚着历史的河而过，而这条河光怪陆离，变幻万端，一切不由自己控制。十几岁时妈妈被征召去参加集体建设，跟着大人们去河里挑泥，一直没能再长高。多少年后我跟爸爸吵架，说他什么都不懂，他忽然红着眼睛跟我说：“你上了大学就了不起吗？我本来也可以去上大学！”他本来要被保送上大学，却因为没有背景，被人背后使手段刷了下来。

爸妈第一次见面相亲，妈妈留爸爸吃晚饭，煮的粥里只有几粒米。

情意绵绵的背景，是悲哀而贫困的现实。

爸妈以令人敬佩的、超越自我的方式教育我们，但这种超越终究是有限的。

虽然他们竭力把我跟弟弟都送进了大学，也尽量支持我们的所有人生选择，但某种程度上也可以说是无奈。最终我们俩成为周围所有人中最为叛逆的两个小孩，这是爸妈意料之外的。

我从大学就开始尝试独立，然后越来越独立，跟他们越来越无法沟通。

最终在我30多岁时，互相摔电话。

50年代末出生的人，因为时代的原因，不可避免有一些共同特征。

比如，一切以实用为主，任何装饰的、审美的、享受的……都被斥为浪费和错误。

我们出国玩，是爸妈不能理解的消费。

买衣服，也被认为是浪费钱。

家里的装饰，在他们看来都毫无意义。这张桌子和那张桌子有什么差别呢?

任何美学上的需求，在他们看来都匪夷所思；任何对于快乐的追求，在他们看来都是放纵。

当然追根究底，这一切都是因为他们对金钱的焦虑。

挣钱对他们来说，一直都太难了。花钱就变成了一件非常可怕的事情。

经历过物质匮乏的他们，根本不能忍受我们给他们买东西。

带他们去商场买鞋，没有一双的价格他们能接受。买衣服，也一样。

带他们吃饭，首先是不肯点菜，问什么都不要吃。吃一点点就觉得太多，其实根本吃不饱。吃完他们非要知道花了多少钱（自己抢单子看），知道了又很不高兴（为什么花这么多钱吃饭）。

带他们去吃甜品，坚决不肯吃，拉着脸，让服务员也很尴尬。

我自己买了杯咖啡，买了块蛋糕，一共58块钱，被我妈说了一下午。

彼此消费观之间的巨大差异，使每次相聚都成了互相折磨。

我们想带他们吃好的餐厅，想给他们买礼物，但最终的结果是差点要在商场打起来。

他们不能理解正是钱的流动造就了城市，这座城市每时每刻都在吞吐金钱，我的薪水也是其中流动的一部分，没有消费就没有收入。不安全感令他们只懂得固定住金钱，但金钱恰恰是最无法固定住的。存钱存钱，他们不停地念叨。给他们钱花，他们也不会真的拿去消费，而是存起来。但事实上存款是最容易贬值的。多少年前小心翼翼存下几万块，现在又有什么用呢？

我大学毕业的时候，想向父母借5万块钱加上我自己的一点积蓄作为首付，买一个大概60平米的房子，父母当然觉得匪夷所思，毕竟我才刚刚签约工作，还没正式拿工资，为什么要买房？当时那套房子的价格是28万，现在大概200多万吧。

当然也谈不上后悔。毕竟我也没有很清晰地认识到房地产是怎么一回事，纯粹是想有个自己住的地方。第二次决心要买房，是买完之后才告诉爸妈的。

金钱无法回报父母的爱，是因为他们不能享受金钱。

如果想要报答他们，就要以自己的人生为供品。

爸妈对于我的职业选择，一开始就颇为失望。他们期待的当然是我能够去当公务员，或者去大型国企工作，再不然当个老师。从此安安稳稳，什么都不要想，顺顺利利地过下去。这些工作对于他们那一代来说是非常好的工作，现在或许也是；可我自己对于职业，追求得更多，感受也复杂，已经跟他们的想法完全不一样了。

弟弟自己创业，在他们眼里简直就是走入歧途。弟弟的公司创立了好几年之后，他们依然会偶尔跟他说起："要不你还是去找个工作？朝九晚五多好啊。"

职业就罢了，毕竟超出了他们的认知。然而随着年龄的增长，催促我结婚生小孩的念头越来越急迫。其实很多我这个年龄的女生有可能还是单身，但我妈却觉得这是我的deadline（最后期限）了。跟她说城市里结婚生小孩是会晚一点，而且即使40岁生小孩也没有问题的，又举了几个朋友的例子。得到的回应是："你就不能跟正常人做朋友吗？你就是被这些朋友带坏了。"

不断催我生小孩的原因，一方面是担心我的人生；另一方面是因为他们慢慢退出工作之后，不知道该做什么。

对于他们来说，往下最合适的一份工作就是：帮我带小孩。

在沟通最艰难的时候，我建议妈妈出去玩一下，或许出门后心情会好一点吧。然而妈妈歇斯底里地否定这个建议："我不想玩！我只想帮你带小孩！"

打电话来会哭，说自己失眠，就因为我没有生小孩，她觉得人生的悲剧正在缓慢启幕。

父母一生埋头劳作，也就谈不上什么兴趣爱好。以我和弟弟为人生目标，以我们的人生为目标。因为缺乏安全感，时时刻刻替我们担心。一旦不按照他们的想法进行，他们就焦虑、歇斯底里，觉得我们的人生会因此变得特别可怕。

想带他们去看世界，看风景，让他们知道自己年轻时错过的东西，想尽量补偿。

也想让他们知道世界之大，人生有很多种。

然而他们身陷牢笼，一步都不肯走出来。

在受苦和劳作中，他们才觉得安全。

看到朋友圈里晒父母爱打麻将，爱买衣服买包的，我都很羡慕。我希望自己有一对不靠谱的父母，他们压榨我，只想着去打牌、讲八卦、买东西，每天高高兴兴的。

然而他们只是爱我爱我爱我。给我爱的恐怖。

虽然我的父母出生于艰难的年代，思维顽固，然而这并不是我一个人的困惑，甚至不是一代人的困惑。我关注一个在美国读书工作，长得也不错的女生，日常研究美妆甚有心得，也算新晋网红，她前几天发了一条动态说："爸妈让我回国当高中老师。"这并不是抱怨，更像玩笑，发现自己已经走得那么远，父母对她的期望依然没有变。90后受到父母更多的帮助和支持，父母对他们的生活也参与得更多，但90后比较习惯这种参与，两代人的思维差距也并没有那么巨大，相处更为愉快。但我也经常接到很多年轻读者的私信，倾诉自己与父母的矛盾，不外乎自己想要的人生与父母的期待有了很大的分歧，不知道何去何从；想坚持自己的想法，又怕父母伤心，或者怕自己是错的。

爱并不是完美的。爱的背后不可避免地有控制和占有。父母给予的可以说是“无条件的爱”，但爱有时候本身就是束缚。父母要的不是回报，而是真诚地希望你幸福，害怕你的人生会陷入不幸，为此殚精竭虑。“我是为你好。”这句话并不是假的。父母一辈子领悟了很多的道理，其中很多说是真理也不为过。

但人们如果相爱，最难以明白的一件事就是：每个人追求的从来不是完全正确的，他们总是甘愿犯下属于自己的错误。

卡佛写过一首诗，叫《雨》，最后几句是这样的：

我能否这辈子重新来过？
还会犯下不可原谅的同样错误吗？
会的，只要有半点机会，会的。

我自认为每次做重大的人生决策，都带着稀里糊涂的态度，过分依赖情绪，因此从来没有做过任何一个正确的决定。从挑选大学、专业，到毕业后随便选工作，莫名其妙地跳槽，找男朋友也相当随意。如果我能正确谨慎地对待每一个选择，现在说不定过着另一种生活吧。然而正是这种毫不在乎犯错的态度，让我慢慢变成了现在的自己，一个崭新的自己。

人要建设和完善自己，是多么漫长的道路，最后道路通向何方，无人知晓。对此我们也不妨满怀期待，因为我们被带到人间的意义，就是去寻找属于自己的人生。毕竟，就连科幻小说中的复制人都在期待拥有自由意志。作为人类，执行自己的自由意志本来就是不可推卸的天职，即使自由意志有时也是幻觉。

中国所有的传说故事中，我最爱的人物是哪吒，他剔骨还父割肉还母，以求彻底决裂。这是中国传统故事中，行为最为激烈的一个角色。孝道为上的中国，竟然出现这样一个人物，如此歇斯底里，如此决绝，是血与泪的混合。人离开原生家庭，是成长的第一步，而成长的最终一步则是跟父母的和解，也是跟自己和解。这是不可省略的。人既不能永远不走出家庭，又不可能一辈子当哪吒，有时父母不过是我们的一个旧版本。

爱的恐怖与温柔，不管好坏，我们都带着它上路吧。

欢愉后，动物伤感

by 韩松落

作家，女明星研究专家

1.

少年时，每每在别人那里听到“没想到我会变成这样”，总觉得不耐烦。那时候，觉得人生一切可控，干脆利落，随时可以掉头。多年后，我却也有了这样一天，觉得今天的我，是完全不在预料之中的。

如果要有个转折点，应该是在2004年。我的朋友张海龙，把我推荐给时任《京华时报》编辑的叶倾城，我开始给这家报纸的专栏版面写稿。这是一个每日专栏，就是说，每天都要交一篇千字文，我写的是兰州这个城市里的人和事，每天一个故事，或者一个人物，就这样，写了4个月。

在那之前，我是标准的文学青年，写散文和小说，在“北大新青年”和“黑蓝”“左岸”这些文学论坛出没，偶然会有散文和小说进年选。我知道、我计划、我准备，将来一定要写大部头的小说，对专栏文体了解不多，我发给叶倾城的头七篇稿子，全都被毙。但也许，她觉得我还可教，悉心调教，于是，我开始向“专栏体”接近。写了4个月之后，城市故事系列宣告结束，因为，我已经没有更多的故事可以写了。

第一个专栏停了5个月之后，叶倾城看到我博客上一段关于明星的文字，又一次约我写专栏。这一次，她希望我能以娱乐人物和娱乐事件为主题写下去，她说，随笔专栏，至多一年就会把人掏空，而娱乐题材，不耗费生活积累，也始终不愁话题，“这个题材是写不完的”。就这么商量定了，我于是开始为《京华时报》写新的专栏。

我没告诉她，那时候，我甚至都不知道“无线”就是TVB，会把宫雪花写成官雪花。但我战战兢兢的人生里，一直有一条准则，在面对机会、面对选择的时候，要想一想，我的父亲和家人们会怎么做——他们肯定是会拒绝的，或者用实际行动来证明自己不能成为更好的自己。我知道自己身上有些地方和他们是一样的，但不知道我和他们相似到什么地步，所以索性全部反着来，凡是让我本能地想退却想拒绝的事，我都得接受，要迎难而上。

新专栏开了只有半个月，我又有了对我而言非常重要的新专栏：《武汉晚报》专栏，然后是上海的《新闻晨报》，这两个专栏现在仍在继续，历任编辑也都成为我的好朋友，彼此的人生大事，我们都有参与。

可能是我用文学化的方式去写娱乐圈，多少有点特别，所以，稿约像开闸的洪水一样涌来。最多的时候，我同时开55个固定专栏（幸亏都不是每日专栏），以及接至少10个不固定的稿约，几乎每个省的省会媒体，都至少有一个我的专栏。《新京报》的书评里，曾经这样写：“你不可能躲过韩松落。”因为人们出行的时候，从高铁到飞机，到处都是我的专栏。

我写文章并不快，一篇千字文，要用5到6个小时，因为我会陷进资料的迷宫里，越挖越多，观点也会不断分岔。即便这样，14年时间，我居然也攒下好多文章。在我的电脑里，“娱乐”的大文件夹下，有68个小文件夹，每个文件夹里，有80篇左右的专栏。就是说，光是娱乐类的文章，我就写了有5000篇之多。此外，影评又有15个文件夹（恐怖片就专门有一个文件夹），随笔有12个，还有书评、乐评，以及各种杂乱的稿子。我像个产品经理一样，牢牢记着财经著作里的话：仅靠单一的产品是无法生存的。

2.

在成为专栏作家之前，我有别的理想吗？有，我曾经想过成为间谍和歌手，也想过成为画家、小说家。但我真正意义上的第一份工作，是当养路工。

从学校毕业之后，我得到的第一份工作，是在交通部门的基层道班当养路工，工作地点，在距离县城15公里的山里，每天的工作任务，是和十几个同事一起，扫马路，清扫边沟，刷树，筛沙子。

工作很闷，更闷的是，没有人可以和我交流。于是，我开始写作，并且开始向《兰州晚报》副刊投稿，而不是像以前那样，写好，放着，给朋友看看，保持着一种少年气的清高。之所以向这份报纸投稿，是因为：第一，它是我每天都可以看到的媒体；第二，我发现，这份报纸的副刊，有个编辑叫颜峻，每逢他编版的时候，那个版面就会突然变得好看。我更信赖近处的善意，于是直接把稿件寄给了颜峻。很快收到他的回信，我的稿子也发出来了。并且我们也成了终身的朋友。

我的写作生涯，就这么开始了，我写小说，写散文，写美术评论和音乐评论。尽管兰州是这个国家的几何中心，却更像世界尽头，鲜有好平台、好编辑；也很少有同道，即便有，也都陆续离开，去了北京、上海和杭州。但幸亏有了网络，既然不能适应社交生活，那就适应网络。从那时到现在，我都以人工智能的方式对待自己。偶然需要见人，我也觉得，那是我附着在了某个人的身上，那个人其实不是我。

3.

不过，仅有网络是不够的。娱乐圈是一个特殊的写作对象，写娱乐圈，需要更多资源。

14年写作生涯，我采访过很多明星，但更多时候，很多采访的邀约，很多和明星近距离接触的机会，我都拒绝了。因为，我更信任二次元世界里的信息，它们不会干扰我的判断。而且，作为一个人工智能，经常成为别人见光死的对象，也太打击自信了。我索性建立了一种固执的认识：如果一个人的判断，无论如何都是主观的，都是有错误的，那我不如选择我喜欢的那种错误。

那么，我凭借什么去写娱乐圈呢？我的立足点是什么？

在我刚开始写娱乐圈的时候，我的一位作家老兄，给我提了一些建议。这些建议，始终是我写作的首要戒律。他以官场小说闻名，他的小说被官场中人当作宝典捧在手上。事实上，他最得意的时候，也不过是一家企业的内刊主编，他从没和他写的那些人和事有过较深的联系。我问他：你是怎么写出来的？

他送我两句话，第一句：“你只要知道，你写的是人就够了”；第二句:“你只要把他们当人写”。至于行业特色，什么驻京办、什么挂职干部生涯、什么代理县长市长的生活细节，都可以用资料用短期生活体验来解决。

只要知道，我写的是人就够了，只需要把他们当人写。这是我写明星的第一法则。去写他们的故事，他们的感情，他们的选择，他们和周围人的关系，他们怎样赚取金钱；以及，他们的故事、他们和人和金钱的关系，会引起人们什么样的反应。

我甚至更关心这种反应，关心台下，关心人们在那里发生了什么。他们的故事可能是假的，但在人们那里引起的微漾却是真的；他们的故事固然重要，在人们那里发生了什么，或许更为重要。

我毒舌过，温情过，用《红楼梦》的笔法写过，用金庸小说同人的方式影射过，用科幻小说的方式写过李嘉欣，写她在能够记忆移植的年代，进行身体更换手术前的心理活动，用这种方式探讨她的选择给她带来的影响。

但最重要的，还是“把他们当人写”。因为，看文章的是人。

4.

神话学家约瑟夫·坎贝尔曾经说:“演员都扮演着神话性的角色，他们是我们认识生命的教育家。”的确如此，写一次明星，就像是在他们的人生里活了一次。在他人的人生里穿越，是滋养，也是损耗。这么多年写下来，我老得非常快——至少在心理上。

娱乐圈都教给我哪些事呢？非常多，每一个心得，都可以拓展成一本书。比如，每个明星其实都是一个社会连接点，这个连接点是怎么产生的，又在发挥什么作用；所谓人设到底是一种什么东西；明星驭媒术的变迁；从女明星身上，看女性地位的变化，以及人们婚姻观的变化；那些从小生活在“楚门秀”里的童星，有什么样的命运，他们为什么更容易成为道德偶像。

还有，龚琳娜的歌，和艺术的巫性之间的关系；邓丽君的歌和形象那种“光滑”的特性，对她所在的时代意味着什么；萧敬腾为什么会成为“雨神”，以及网络兴奋点的新时代是怎么开启的；陈慧琳和张学友这样的完美偶像，为什么会被离奇的谣言围绕；徐克的电影对意象的重视；麦当娜和杰克逊的巨星时代，是怎么到来的，又是怎么结束的；等等等等。

写娱乐圈，因此更像是一场修行。

5.

修行，修炼，熔炼，都是无止境的，不会一劳永逸，真正的修行，要不停地换场所，换方式。所以，夏多布里昂说：“人不只有一次生命。人会活很多次，周而复始。”

作为媒体写作者，媒体的兴衰起伏，我都是能第一时间感受到的。在我刚开始媒体写作的时候，就有人在唱衰媒体。但媒体中人，似乎都还在兴头上，有危机感，却也挺下来了。2010年，微博出现，人人都有了表达的平台，连明星都跳过了娱乐媒体，通过微博来发声。2013年，微信公号出现，这种危机真正到来了。

最早切身体会到这点，是从编辑的流失开始。以前，跟一个编辑合作五年十年，是很正常的事。但从2012年开始，和我合作的编辑，开始频繁更换，有时候，一年会更换五六个编辑。

从那时起，我开始慢慢离开娱乐写作，去写剧本，写真人秀。而现在，我回到最初开始的地方，开始写小说。我当然选了最熟悉的领域下手，写以娱乐圈为背景的悬疑小说。

偶然也会怀念，和那些旧日同道一起工作的时光，为一个选题争论，为新的爆炸性话题兴奋。比如，巨星离婚那天，我们正在选秀现场采访，听到离婚消息，所有人都离开现场，回到车上，摊开笔记本开始写稿，车厢里一片荧荧蓝光。

我写蔡琴的一段文字，似乎也是写给自己，或者一切身在动荡中的人的：即便颠倒众生过，也还是没有一劳永逸，永远要重新开始，重新进入动荡，重新寻找，重新赢得欢喜——还要用所剩无几的温度和气力，去暖热怀里的新人，去暖热一所新房子。即便安稳尚在，也知道那只是刹那，也难免惴惴地望向前方，不知道还有什么动荡要来，还有什么命运需要倾尽全力去迎接。

时势总要变，人也总该迎变而上，我们也总要一次次粉碎自己，投身新天地，重新建立自己的喜欢，重新建立自己的幸福。一次次的失落和喜欢，一次次的喜欢和新喜欢，组成了我们的人生。

爱情也讲道理呀

by 傅首尔

作家，奇葩说辩手

人们对爱情的理解和态度总在变化。

少年时爱人，全凭一腔热血。玛丽爱上山姆，每天都期盼他路过自己窗前，堵在他去厕所的必经之路上，跟他说句话，小脸就红了，至于爱情到底是什么玩意儿，没人会去琢磨。琳达也爱山姆，这是不行的，要争要抢要打架，抢不过，被子蒙头呜呜呜哭到天亮。太喜欢了，只想拥有，和他手牵手，把日出日落看无数遍，去赶海，你侬我侬日夜酣战，没时间去思考：我喜欢他什么？我们合适吗？能在一起多久呢？那时候，喜欢了，就以为是永远了。天很蓝，风吹着白衬衫，所以在每个人的回忆里，爱情就像春风，在每一阵春风拂面的时候，感受却不同，世界上没有完全一样的两阵春风，但留在心里的感觉只有那一阵。

中年时爱人，把一切感性的部分都过滤一遍。玛丽爱上山姆，知道他不是对的人，心里很难受，到了这个年纪“对”很重要，不是好，不是优秀，只是“对”。一个字包含了很多，外貌、门户、见识、学历、财富、性格、言谈、三观……爱情变成一个多面体，无数的线条交错，任何一条都能决定它的形状、它的未来，形成好感觉也越来越难。

老年时爱人如何，我不知道，我还没老。但我想，更多是一种习惯，和谁在一起舒服，能吃到一个锅里，毕竟人老了外卖就叫得少了，血脂都挺高的，也怕不健康。老伴儿，关键是陪伴，陪伴还得带点功能性，一个擅长生火做饭，另一个擅长吸尘拖地，家庭变成一件作品，而我们是两个充满烟火气的艺术家。艺术家之间很单纯，容易产生信任，老伴去跳广场舞了，就翻翻报纸，或者散散步，并不介意广场上的老王比自己帅气，身板健硕，发型靓丽。老夫老妻还想这些就太丢人了，毕竟都过了折腾的年纪，养花养狗才是正经事，共同走过的几十年，风是风，雨是雨，婚姻坚如磐石。

爱情是件神奇的事，人人都说它没道理，却又不断地总结出一些道理。

比如以下这些：

你最初爱上一个人一定是因为“看脸”。

颜值是件主观的事，对方不一定多好看，但一定是你喜欢的。以貌取人才是正常人，但“以貌取人”这件事非常有意思。爱情里，我们不只“取”别人，也“取”自己。大部分“以貌取人”其实都结合了一个人对自己的判断，尤其是情史丰富的人。在情窦初开少年时，我们可能会追求、跪舔、暗恋、思慕男神女神，想得睡不着觉。长大了，我们学会了去爱够得着的人，那些比我们好看太多的人，我们学会把感情控制在欣赏和喜欢的范围内，不会爱，也不敢爱，因为知道爱了也没用。所以“以貌取人”其实是先看上别人，再照照镜子。嗯，差不多，可以爱。这就是为什么人越成熟越容易找恋人，却再难找到最初的心动。

爱情的“尺寸”短得惊人。

死去活来就那么一段时间，非常短暂。不管你多好看，多优秀，多有内涵，总会腻，总会平淡，总会经历从“一分钟不见要死”到“一年不接吻也没什么”的阶段。荷尔蒙对每个人都很公平啊！

好在爱情会延伸出其他的情感类型，正面的有欣赏、依赖，负面的有嫉恨、嫌恶，基本上一段关系的延续和发展，是良性还是恶性，都是靠之后的情感类型来决定的。所以白头偕老是因为爱情吗？当然不是。这么看，“但行好事，莫问前程”或许才是最好的爱情态度。

一旦生疑，说明爱情已经完了。

爱情里最吊诡的是，你怀疑的一切都会成真。比如：你怀疑他是不是没那么喜欢你，他就真的没那么喜欢你。你怀疑他变心了，只要多留意，不难发现暧昧的蛛丝马迹。怀疑是爱情的天敌，是爱里的人们最害怕的一种感觉。

所有的爱情痛苦都是自找的。

所有的人际关系都是两种性格的化学反应，在一起时间越长，反应越持久。爱情也一样，其实你将承受什么样爱情的“果”，在你选人那一刻就决定了。有的姑娘是渣男收割机，总是被某几种特别渣的体质吸引。我们常说在爱情里被谁坑了，其实能坑自己的只有自己。爱情里有多少人明知不可为而为？有多少人明知没结果非要一头扎进去？有多少人明知对方就是个屁也不舍得放掉拉倒？

爱情是两个人的事，却也是一个人的事。喜欢、投入、失望、放手都是自我决策的过程，跟所有其他的事一样。快乐是自己找来的，痛苦也是。

爱情里最重要的根本不是“爱”，而是需要。

经常发生“我想要的是苹果，你却非要给我香蕉”的误会，这不是“爱”的误会，是“需要”的误会。爱是缥缈的、虚无的，需要是实际的、可量的，这也是男人和女人最大的区别。很多女人什么都不想要，只要爱，然而爱是什么呢？她们自己也说不清。所以男人常常觉得我已经很爱你了啊，还要怎样？

有人觉得甜言蜜语就是爱，有人觉得肯花钱才是爱；有人觉得天天黏一块儿就是爱，有人觉得共同成长进步才是爱；有人觉得心里有我就是爱，有人觉得心里全被我装满才是爱啊……瞧，具体谈到爱的时候，谈的都是需要。

成熟的恋人，会将爱转化成需求来考量每一段关系：我需要什么？他能给我什么？其他不能给的，我要通过什么途径来解决？

恋爱是因为互相喜欢，结婚是因为彼此需要，白头偕老则是因为两个人都不停需要。

没劲的是，无论听了多少道理，也没法让不爱你的人爱你，也没法让破镜重圆，也无法阻挡爱情逝去，所以这是一篇废话，写着玩的。

Playground

爱情里最吊诡的是，
你怀疑的一切都会成真。

Can You Celebrate?

by 张怡微　作家

我童年时关于婚礼最深的记忆，其实来自日剧。因为感觉日剧里看到的婚礼和我们日常生活里的婚礼很不一样，很安静,也很干净。那时候安静、干净大概就是对于浪漫的想象。小孩子既看不懂花束、婚纱、装置的价格，也不知道宗教的含义。因为日常生活里能见到的婚礼总是吵闹得很，乌烟瘴气。但这种“乌烟”并不全是贬义，不过是炮仗的喧哗、桌子上的“红双喜”、成年人腔子里的酒气混合在一起的氛围。新郎用自行车载着新娘，老少爷们热情地等待。总有人负责点炮仗、喷拉花，五彩缤纷。然后晚宴上，新人要介绍恋爱经历，要感谢父母，还要发红包，最后由新人们喝交杯酒迎来高潮，都是鲜艳的甜蜜。我们小孩子就在鲜艳的乌烟里穿行，地面总是很脏，桌子上也是，人脸也是。从前的女孩平时不太化妆，一旦化妆就好像要上台唱戏，和现如今的女孩很不一样。

后来我看《古惑仔》，发现他们的几次婚礼也都闹哄哄的。香港人的婚礼闹哄哄的，台湾电影里的婚礼也闹哄哄的。闹中有荒诞，还有危机，有陈年往事（拖家带口的不期然遇到前任，如《一一》），也有失序的惘然（如《一念无明》）。婚礼为什么要做成视频？我想有很大一部分原因，是因为只有那几分钟精华脱胎于世俗生活的泥垢，是提炼过的象征。

剩下的有什么呢？

剩下的是婚礼作为日常生活的素材，日常生活裹挟的复杂的期望、矛盾、面子里子，婚礼上都有。婚礼上呈现的夫妻双方的自我扮演、人之所以为人难以剔除的秘密，在日常生活里还将继续衍生。

因为童年阴影，我很怕婚礼这个仪式。最初的原因很简单：父母各自都有新的家庭，他们已没有必要见面，“婚礼”这样团聚的假想会令我心生恐惧。后来我发现，像我这样的情况其实很多，也许没有什么可怕的。有的人会处理成四个人见面，有的人会处理成两个人见面，有的人则处理成父母不出席。譬如我参加过家族中一场新娘父母不出席的婚礼，虽然父母都健在，但女儿不让他们来。在一个原定父亲要将女儿的手交给新郎的环节，新娘是自己走出来的，自己牵手新郎，之后还哭着说了一些听不清楚的话，结果公公婆婆哭了，觉得她好可怜。也有父亲明明没有养育孩子，但紧要关头却出现了，配合完成了这场仪式。司仪说着“父亲的掌上明珠”“含辛茹苦养大”之类的罐头台词时，台下的人都很尴尬，台上的人倒还好，是有惊无险的《皇帝的新衣》。还有新郎父母新家庭都参加的婚礼，这种和睦获得了周围人的一致称赞，美中不足是新郎说他感冒了，婚礼从头至尾他都没摘下口罩，这收获了周围人的一致疑惑。因为女方亲戚直到参加完婚礼都没看到新郎的模样，感到不满足。最好的办法，当然是不要办婚礼，这样就不用成为别人同情的对象或者议论的对象。现在很多年轻人都有自己的新想法。

我们的生活是被秩序规训的。有些秩序来自法律，有些秩序来自民俗。秩序和规律经年累月下来，承受的人甚至说不清楚什么道理，但归顺它会让大多数人感到舒适。没有人关心这种想象中的集体“舒适”，是否也会让有些人感到辛劳，让有些人感到不适。我父亲就曾为继子结婚做了很多准备，但最后继子对他说，“我还是想叫我自己的爸爸来，你能不能不要来”，搞得他很伤心。

我没有结过婚，三十岁之前，好朋友结婚时，我随了礼，但没有去。所以我看到的部分总是有缺漏的，关于婚礼的知识也是零碎的。譬如带框的婚纱照很重，新郎加班，新娘要自己扛回家去，在微信群抱怨肌肉拉伤。譬如婚纱其实也很重，新娘抱回家的时候，五味杂陈，很多年后聚餐都会冷不丁呢喃:“婚纱真的很重，你们知道吗……”譬如她们最终买的婚戒，都不是最早在群里晒的最喜欢的样子，但没有人会多问“为什么”。年纪大了以后，反而平静很多，在这个仪式上起起哄、说说笑笑，也不会再感到痛苦。即使桌上没几个认识的人，也可以聊聊天，加加微信，谈谈经济形势或者《知否知否》，问问“你们是谁啊”，听完转头就忘记了。在婚礼上当然可以看到人的紧张、茫然，譬如记忆里有一位新郎，冷不防地说要背诵《满江红》，不知道为什么。譬如还有一位新郎，酒喝多了吐血，被一群人架去医院。新娘躲在我们身后很茫然，问:“我是不是应该去医院看着他？我要打车去吗？”我才发现，包括新郎新娘，包括在场的很多人，其实对于婚礼上的突发状况都是不知道要怎么办的。我们脑海里关于婚礼的全部想象，都是剪辑好的视频。但我们的生活，却只是视频的海量素材。

去年，有个学生送了我一个小礼物，包得很好，让我一定要认真拆，是个香烟壳子大小的方盒子。我心里很害怕，以为会是那种跳出假蟑螂的恶作剧。但后来发现不是，那居然真的是个“红双喜”的香烟盒子，但装的不是烟，而是“北京银矿”出版物。

法国人苏文（Thomas Sauvin）进行着一个“北京银矿”的项目。他从北京边缘垃圾站抢救回来超过50万张的废旧底片，组成一个关于“中国家庭普通记忆”的资料库。打开以后，会看到上世纪九十年代一组婚宴“敬烟”的照片。提醒我们中国当时的婚礼仪式存有一个保留环节，是“新娘点烟”。但新娘是只给长辈点烟，还是给来宾点烟？众说纷纭。婚宴上的“点烟”会造成很多困难，照片里有人站在椅子上让新娘点，有的人故意让新娘点不着，不知这是不是令小时候的我感觉婚礼现场过于乌烟瘴气的原因。不管怎么说，这些场景我都见过。也许我的父母也曾走过。很难想象我母亲头发被捯饬得枯油闪亮、还插着满天星的样子，很难想象我父亲在烟雾升腾的照片里酩酊大醉的样子。大家都油腻，还要互相夸好看，还要互相鼓励生产。我后来问朋友，新娘为什么要点烟。朋友跟我说，可能是表示“烊头”。上海话里的“烊”音同“养”，寓意是祝福“早生贵子”。

如今上海的婚礼风俗，新娘已经很少点烟了。新娘都在忙着自拍。而新郎要准备唱一首歌，看着手机复盘歌词。他们“走在红毯那一天”的小视频、照片档案，百年以后也许也会成为边缘垃圾站抢救回来的50万张硬盘……标记着又一个断代中的新民俗。

Can you celebrate? [1]

1 Can you celebrate?，是日本天后安室奈美惠发行的第9张单曲。这首歌是她的代表作，也是1997年由和久井映见和反町隆史主演的日本人气电视剧《通向婚纱之路》的主题曲。

婚礼上呈现的
夫妻双方的自我扮演、
人之所以为人难以剔除的秘密，
在日常生活里还将继续衍生。

SPECIAL

特邀

知识城一夜

……… 韩松

/

Keynote ———

文字的每一笔结束处裹着良知包皮，放射状地刺向四周，滑稽地一伸一缩。

知识城一夜

by

韩松

科幻作家

夜幕降临后，知识城变得格外迷人。

王安失魂落魄地穿过这座新兴而古老的城市，回到自己的“格子”。

互助伙伴正坐在室中发呆。窗外的天空越来越可疑地明亮起来。

“城里出事了：一个精神家园发生了谋杀案。”王安沉默一阵，忽然开口说。

她却是一副不感兴趣的样子。王安皱皱眉，接着道：

“是一帮孩子干的。导师们被强奸后杀死了。这样的事情以前没有过！”

王安内视到大脑沟回间有些微粒在闪烁和燃烧，在主管嗅觉的皮层上，一阵浓烈的腥味喷发了出来。

头盔式智力器也许快过期了。

他定了定神，看见她仍没有反应。她最近总是这样。这使王安忐忑。

一想到恒持就要终结，王安便努力创造交流的机会。这已有多次被证明不过是自我安慰，但王安舍此并无他法。

互助伙伴通常每半年一换。但王安他们恒持有五年了，逃过了知识守卫者的监视，这本来是值得炫耀的。

但是，最近她却出现了变化。也许，她终于发现恒持其实是一种病态，便要寻求摆脱了。

怎么会有这样前卫的想法呢?

王安没有办法，便继续说："全城都在言说。各个组都传得纷纷扬扬。那个精神家园我以前没有听说过。但这次它出名了。"

互助伙伴木偶般笑了。她头盔壳层上有隐隐的嗡嗡声，那是磁力和电流在经行。王安浑身发麻。

"这事很重要。知识要终结了。"王安的语气已是很绝望。

"恶心。"她终于开口。

"什么恶心？你说精神家园发生的事吗？"

"我在说我自己呢。"

"我不明白你在说什么。"

“想起我们之间的事……”她撇撇嘴。

王安瞪大眼睛。他看见的是一个陌生人。

互助伙伴解释说：“我正在试用一种新的机型，虽然有些副作用，比如引起恶心，但对于补充知识是很有好处的。你好像很久没有进行智力辅助治疗了。这一点我以前怎么没有意识到呢。想起来怪害怕。”

是因为恒持。这些年来，王安迷失在了漫长的非正常情欲中。他对于学习的反应已经迟钝了。

而互助伙伴却背着他悄悄开始借用外力，在自己的身上进行学习的革命。她彻底违背了当初恒持时的诺言。

王安不知道说什么好，像受处罚的学生钉在原地一动不动。他背后的墙壁，随着夜色愈发白晰，变幻出配合的颜色。

女人看见王安这副模样，厌烦而可怜地说了一句“好了好了”，便钻进了自理室。不一会儿，那里传来了人机交流的声音。

可能是索尼或者IBM公司制造的，不是炎黄牌——以她的品性来看。但她为什么会选择在今晚亮出底牌呢?

王安的血有些往上冲。他没有道理地把这一切归罪于那机器，心想，是那玩意从他手中把她夺去了。它在强奸她的思想呢。那家伙更有能耐啊。只可惜噪声大了一些，实在不雅。

王安虽然气愤，但他不是破门而入的那种人。他只是在外面静静地坐着。他要求智力头盔去回忆以前恒持时的美妙感觉，但一切都模糊了。这时他发现自己在打抖。他居然打抖！这是因为害怕啊。害怕，是因为王安还感受着她，也源于越来越强的危机预感，它来自与知识有关的恐怖。在这个时代，这种感觉是不常有的，因而也是不祥的。

其实王安早应该知道，这个时刻总是要来的。

他与她认识有七年了。这是不寻常的长时间。他与她身世相同，都是试管婴儿。在小行星撞击地球时，他们死了养父母。当时的恐怖场面还历历在目。驼驼救了王安。一年后他邂逅了她，并一见钟情。他和她商量好要打破陈规，进行恒持。他们曾发誓永远枯隐粘合。当时，王安迷恋着肉体的交感和返朴的情调。但现在看来，这种心态恐怕是进化迟滞。

她的积分有多少了呢？王安想。女人归根结底是知识的最大欲求者。他曾经拒绝被这个规律统治，但这个规律最后却通过女人来支配他。

王安冒出一头冷汗。他哆嗦着给自己倒了一杯三合一健力宝，喝下去感觉才好了一些。他觉得应该冷静下来，好好地盘算一下自己的过去、现在和未来了。于是，他便出门了。他是很少夜晚出门的。

“格子”外面那条大道叫求真大道，被五十米高的菠菜树密密地遮盖着。阴阴沉沉的，要说不真实，倒是更像话一些。

刺眼的人工星光密密地缓缓地透过来，一柱柱顺着树枝往下爬、往下掉，像外太空来的蠕虫，最后全融化在地上，黏黏的一大片，白亮亮的碎屑，让人浑身起鸡皮疙瘩。

今晚，到处弥漫着古怪的气氛。王安瘦瘦的身影在电磁传送道上浮动，在各个切换口，漫无目的地穿行。他看见人们沉迷于知识。

大的菠菜树干之间，悬浮着“知识就是力量”的三维字样。这是知识－政府－公司托管委员会的宣传品。它们是聚光器利用城市泛光和星光自主合成的。文字的每一笔结束处裹着良知包皮，放射状地刺向四周，滑稽地一伸一缩。不管走到哪个方向，都能够看得见，人便被它照耀着，警醒着。

王安看见周围还有许多人在茫然移行。他猜想他们是否也是被互助伙伴赶出来的。有时，切换器把王安送入地铁。地铁是旧时代遗留的交通工具。车厢里也贴满知识至上的图腾。王安看见有几个Ｋ人类也在乘车。全是年轻人。他们是漂亮和高大的，有着标准的体型和时尚的面容。最近城中流行雅利安－蒙古混血面孔。是基因重组的结果，整形外科也参与其中。他们把学习的积分都用在这种事情上了。这要很多积分啊。

猛地，王安觉得他们便是潜在的罪犯，搞不好今天凌晨的那些强奸杀人者就在他们中间。他们穿着乳白色的电荷衫，闪烁着光芒，新型号的头盔上罩有一圈绿色光晕。

这使王安有些自卑。

还有一些老年人经过化装。低劣的化装术！他们积分不够嘛。地铁里很少有积分高的人。王安想他的互助伙伴大概也想去做K人类。以她的年龄还是可以改装成功的。前提是你拥有足够的知识，这样你就可以去置换金钱和物质，或者更多的知识。她也被激发了，被诱惑了。不过，话说回来，不这样做，又该怎样做呢？她正常起来了，醒转来了，而王安不觉中便成了时代弃儿。要说有错误，都是自己酿成的。

眼前忽然一亮，乘客们像浪花一样被推拥出了地面。王安感到头盔越来越重地扣紧了自己。它可能真的快过期了。

他昏沉沉地继续游荡。在基因美容院大道，他没有停留，又穿过DNA银行街。接着他来到了知识广场。这里的人造星光稠得像人奶一样。五十多个K人类在喷泉边或坐或卧，全都一米八高，一个个都做出火星滑翔者的模样。许多不过是影像体。他们在等待托管委员会分配来的新的互助伙伴。王安看见一对对男女用沙湖传感机会意后，便滑行到菠菜树后面的“格子”里去了。人工草木丛中蒸发出酸甜的湿气，饱含着负离子。

恶心。王安心里说。他记起他的互助伙伴刚才也说过这个单词。他试着坐了一会儿，发现没有异性看他一眼。

广场上有不少知识乞丐。好像比往常多，也比往常肆无忌惮。他们也可能是影像体。他们在网络的废墟中和实境的角落里复制自己。但他们并不真的乞讨。他们只是嘤嘤地说，借我十个分值，七个也可以。有一些知识是可以转让的。有一些不允许。每个小组每个级别都有规定。没有人认为他们会还债，但还是有人借给他们。与其说是可怜他们，不如说是可怜自己。因为也许有一天你也会这样。当你的知识贡献率赶不上别人而没有积分购买更先进的智力辅助器的时候，你便会开始在大街上乞讨。

王安看到他们，就像看到了自己。这使他猛然惊觉。他才悲哀地意识到这两年来他吸收知识的速率肯定是减慢了。托管委员会禁止恒持是有他们的道理的，如同通告上所说，恒持意味着僵化保守、不思进取和自私自利，这有碍于社会知识的全面进步。

今夜，广场上知识守卫者出奇地多，不少穿连裤深棕色制服的人举着激光致偏盾。他们是虚拟和现实中的守卫者。王安想，一定是因为精神家园的事情。他感到害怕，于是决定离开。但这时一个便衣把他拦住。

“盯你好半天了。你还装着不知道？”

“我触犯了比特法？”

“直接回我的话！哪个组的？”

“第三十四组。”

“到这里来干什么？”

“我……想买解压缩器。我想补充知识。”

“那为什么到处乱窜呢？还下地铁？”

“我迷路了。”

守卫者用头盔上的一个扫瞄仪照了照王安。王安的路径器的确过期了。

“有过几次互助经历？”

“七、七次。”

守卫者疑虑地读了读王安的虹膜。王安汗都下来了。但对方居然没有读出来。王安前不久根据智力器提示的医科教程做了一些细胞膜修改，看来是蒙过去了。而更主要的是守卫者也很紧张。守卫者也会紧张，王安是没有见过的。

“听好了，今晚不要到处乱走。”

“要出什么事吗？”

“胡说！”

“是。我胡说。”

王安通过头盔感应到皮肤上许多触突在跳动。

“什么事也没有的。瞧你紧张的。”守卫者紧张地盯着王安说，不住地瞟他揣在裤袋里的右手。

“是。什么事也没有的。我一定不再紧张。”

“买解压缩器在积德大道。你的知识需要更新了。”

“是。我这就去。知识就是力量。”

王安在守卫者的目光催送下，踏上了另一条传送带。有几只鼠猫在跑。这种基因嵌合生物是知识城本月的吉祥物。城市是昏暗的，但它又是明亮的。有的人说知识城是一个帝国，这不太确切。知识告诉王安，帝国是威严的，但这里缺乏这样的意境。帝国有强大的军队，这里没有。帝国是由独裁者统治的，而这里是知识分子治国。在帝国里，民可使由之，不可使知之；在这里，刚好相反。知识是硬通货，在人民的脑境中交换和增值。知识是氧原子，在每个空气分子中荡漾和传送。挣知识啊，升积分啊，做圣人啊。人人都为着这般目标活着。没有比这更幸福的了。没有比这更有意义的了。但为什么精神家园还是出事了呢？

危险！这样的脑电信号，嘟嘟地一长串叠现在了额叶间。王安一惊。

然而，还没等他反应过来，积德大道出现在了眼前。一堆盘虬的草须状商店在冉冉上升。离子激发的活形广告在菠菜树后面恐龙一般挪动。王安想起了刚才守卫者的告诫。他是该买一个解压缩器了。他曾经不在乎这个，以为这是K人类的嗜好。现在他下决心买它，更主要的原因是受到了互助伙伴背叛的刺激。他得对自己的前途有所准备，刚才那些个“危险”的脑电信号已经发出了警告。

可是，似乎还有别的什么理由。他一时想不起来。

他于是拐进了一家商店。里面有十几个孩子拿着购物导引罩在挑挑选选。王安这样的成年人，处在这中间，有一点儿难堪。所幸他还能保持镇静。这家商店主要通过神经网络卖东西。积德大道上的这一家是它的实境窗口。王安扫描下它的地址和清单。章鱼一样的机械手在搬运商品。各种智力帽、辅助机、解压缩器、自学耳膜。这喧闹繁华的场面使王安感到一切是稳定的，他想，其实并没有动乱将要来临，精神家园杀人案仅是一个偶然事件。况且，城中还有那么多的知识守卫者在巡逻。

王安选好一件0.3版解压缩器，它的基数是2，也就是说能够在阿尔法层次上提高知识积累率。唯一的店员朝王安多打量了几眼，露出不自然的笑容。王安又感到一阵心虚。

“别紧张嘛。送你一束鲜花。他们刚从外太空传回来的。你是今晚本店第一个顾客。”基因重组为中性色彩的店员说。

“是吗？那么他们呢？”王安不安地朝挑选东西的孩子们看了看。

“一拨拨来了又去。他们只挑不买。真奇怪。”

“到底是怎么回事？”

“我也纳闷呢。”

王安看看墙上的旧式挂钟，发现它停了。

“你们的钟停了。”

“是一个世纪前的镇店之宝，祖传的呀，博物馆想重金收购我们都没卖。钟是一个小时前停的。现在没有人会修这样的钟。可能修也修不好吧？像是时间本身出故障了。”

什么是“时间本身”呢？初次听到这种提法，王安脸色变得很灰暗。知识和社会在共同进步，而他落伍了。

他忙调出备用四维指示计，发现它也不显示了。他的慌张被店员全看在了眼里。这时货款已自动结清了。公用机械手把解压缩器嵌入王安的头盔，并做了免费调试。王安急急地正待出门，背后传来店员的尖叫声：

“不断交换互助伙伴，这样你会站在进化的潮头！”

他惊得猛回头，看见店员用嘲讽的眼神看着他。他心想这人真怪。当然了，不仅仅是店员，今天所有的事情和人都很怪，包括一向镇定自若、温文尔雅的知识守卫者。

这是为什么呢？

他有一种冲动，很想亲眼见一见那些杀人的家伙。

王安又踏上了传送带，知识城层叠的风景又开始华丽地蠕动，就在身边，却又不可触及，仿佛一切都是假造的。

时间死了，他脑子中萦荡着这样的绝望念头，头盔导向了一个不寻常的想法：如果换了自己，会不会去精神家园杀人呢？

危险！电子信号又一次尖叫起来。好几簇神经元被刺得萎了一下。王安差点喊了出来，他忙捂住口。

路边出现了一排塑玻信息亭。王安赶忙停下来，喘了一阵气，难受才减轻了。他看了看四周，见没有人，便小心地走过去，钻入一个亭子。亭壁上哗地突伸过来一个声控扫瞄仪，像是龟头。王安说："开始。"它咔喳一声转了一个角度，对王安的虹膜进行了一阵测试。王安的虹膜上套了一层人工分子表皮，上面有他的身份、阶层、分组和信用标记，以及知识积分和存款余额。王安在扫瞄仪前常常会丧失自信。倒不是因为它会看到他的私处，看出他在虹膜上搞的名堂，他最怕的是它看人时总带有一种居高临下的沉默。这时王安会产生许多不必要的联想。

但这愚笨的无生命的家伙匆匆办事，它没有察觉到王安做的细胞膜修改，便判定了王安的合法身份。知识看来是要终结了，王安暗自苦笑了一下，这才把新买的解压缩器接入亭壁上的一个插座。

效果立时出来了。知识的镜像比以前透亮多了。信息交换量上升了三个等级。王安的神经元簇舒展了，他感受到了一阵少有的畅快。这种不同于恒持的愉悦，他已久违了。他亢奋地感知到的情报包括：十七万市民正在脑境通道上谈论精神家园的强奸杀人案。嫌疑犯跑掉了。连知识守卫者也没能抓到他们。王安心想，这事的不寻常性是可以得到确证了。

逃犯共有三十六个，都是男孩子，平均年龄十五岁。他们集体轮奸了精神家园的七名导师，把她们杀死了。这种行为是古典的，因而是不可理喻的，因为他们饱读诗书，洞悉现代科技，德才兼备，是未来的希望啊，连他们自己也很清楚这一点，为什么却不珍惜这个时代呢？这在知识城是没有先例的。最近有流言说知识城就要衰落，难道这就要应验了吗？

但情报中似乎还少了点什么。头盔有意把某种东西过滤掉了。那是王安极想知道却又不愿知道的东西。

他的记忆好像被切割了。这是什么时候发生的事呢？

精神家园的四维图像也通过解压缩器进入了脑境。它是一簇庞大的绿色的圆柱形树状楼群。四面伸展的枝叶上附有整体运动场和叠翼机起降筒。从外表上看是供贵族孩子专用的。内部的情况则有待考察。它的时态并不久远，但与未来的节点有许多重叠与交合，其复杂程度超出了王安这一知识阶层的理解力。

王安觉得在亭中的时光难得，想继续浏览下去，试图进入城市的中心记忆库，去拼合自己丧失的记忆，但新装的解压缩器使他的大脑有些不适应。有一些脑组织需要格式化。他于是退了出来。

这时，夜已深了，一切更明亮了。王安意识到自己没有归宿。这不是指“格子”。为身体提供栖息区的“格子”到处都有，就在每一棵菠菜树下，虹膜上就印有准住证。但王安对陌生的窝点感到畏惧。他毕竟第一次离开非法恒持的住处啊。他也对自己成熟的身体感到厌倦。

他于是打开了内储点站器。头盔地图上显现出一组地址，其中几个闪着不同强度的微光。有一个最亮。这是潜意识微电流放大的结果。看来他是想把它作为回家之外的第一选择的。

王安已有很久没见到百百了。他以为自己都把她忘了。但她居然活在他的潜意识里，这让他今晚又一次吃惊不小。坦白来讲，他并不想弄成这样的。这事又很怪异。他想，就这样吧，世界反正已濒于混乱了。

他便去了百百的“格子”。那是务实街一千一百一十五号。这时大概已过午夜了。头盔显示器告诉他她还没休息。她正在做韩式冥想体操。王安在门口等了一会儿，她来开了门。

“你怎么来这里了？”她有些意外，也十分高兴。

王安看得出她又一次易了容。他记起以前她说过，她用梦读器整理过他们的谈话，分析出了王安喜欢的异性类型。她此时的形象倒有几分像王安的互助伙伴。他有些尴尬，也有些感动。而她并不知道他今夜要来。

百百让饲服器送来了健力宝。满屋里弥漫开了沙湖爽气。

这是时下年轻人中流行的交友气味。连王安也有些燥热了。

“你第一次主动来我这里。”

“我想你了。”

他把买解压缩器时得来的太空鲜花递给她。她把头埋在花丛中使劲嗅了嗅，笑得很开心。

“不会吧？是跟她吵架了吧？”然而，过了片刻，她沉下脸，狐疑地看着王安。

“哪有这种事情？”

“那又是怎么了？你我还不知道？”

“今晚觉得有些不对劲，就出来走走。”

“原来，哼，不是专门来看我的呀。”

他原本笨嘴拙舌，这时不知道该说什么了。他啜着健力宝，感到泪腺在发胀。他把头侧过去。

好一阵他们都不说话。末了，还是她摘掉了他的头盔，把手放在他的头上，无语地，轻轻地摩挲。

王安被摘掉了戴了一天的头盔，忽地感到说不出来的轻松，一阵温情在心中漾起，对她也产生了怜爱。然而有关女人的知识却一下在许多神经簇上自动歌唱起来，使感情的燃烧保持住了理性的温度。他有些受不了。

他把她的手缓缓移开。

“别这样。”

“我懂。我不生气。她毕竟是你的初恋。梦读器告诉我这很重要。”

王安默默。“初恋”？他自己从没有使用过这个怪异冷僻的词语。她从哪里学来的？怎么想到用在这种事情上的？

“梦读器告诉我初恋是什么。”她大气不敢出，紧张地盯着王安的鼻尖。他想到了与他的互助伙伴初识的一幕。与当下的情形有某种相似。历史真是在重复吗？套话在今夜都要一一兑现了，这真的是不祥之兆。

而她真下流。连“初恋”那样的话也说得出口。

十七岁的女孩含情含怨地看着王安。他恐惧地想，他是她的“初恋”吗？这样的事情经过世事沧桑是否真的还存在并在发生呢？他王安并不懂得这个时代的机巧。百百不属于K人类，也不属于王安这一族。她不在主流，也不落末流。她不算靓丽，但很有特色。面孔具有向内弯的曲线，像一弯新月。身体很小巧精致。紧身衣。乳头经过精心修裁而向前上方生动地突出。王安有些眩晕。强奸杀人的一幕随即被头盔自动映射在了视神经上。头盔告诉他，他的情绪中有嫉妒的成分。危险！他想到了刚买的解压缩器。它有些不好用。想到K人类在广场上的站相，想到被强奸的女导师的尸体，想到知识守卫者的跟踪和互助伙伴的背叛，他一下觉得什么都没有意思了。他有些后悔来这里了，因为他发现不能在百百面前控制住自己。

“实话告诉我，你对她的欲望还是那么强烈吗？”百百问。

“不。很久没有了。”

“这不像你们。”

“她忽然决定重新知识化自己。”

“但是你仍然感受着她。”

“这种事情说不清楚。”

“你们当初为什么要恒持呢？恒持一定很不错吧？”

“咱们还是谈点别的吧。”

“我知道有恒持这种事，还是你最先告诉我的嘛。”

百百也想跟王安试一试恒持。这王安能感觉出来。这在她和她的伙伴那里大概是一种超前的理念，所以她才那么说。她已经长大了，可还那么天真。而这照理说不可能的。她学了很多知识，可又不是K人类。王安真想告诉她，今夜他才明白，恒持原是虚幻的，还是可畏的。但他没有对她说。王安察觉到了自己的私心，缩紧了嘴唇。

“你就没有考虑过知识守卫者会抓住你们？”她一脸好奇。

“考虑过。但实际上他们并没有发现我们。”

“抓住后会怎么样呢？”

“我不知道。也许是做慈善性下丘重整？”

“这样很刺激。”

“你这样想？”

“与守卫者周旋嘛。”

“我还以为你是说恒持。”

“恒持呀。”她歪头想了一想，说：“其实我挺矛盾的。其实我知道这不利于知识更新。太安于现状了。自闭。会自吃苦果的。你就在吃苦果嘛。苦不苦？不过，有时又真想试一试。”

她嗤嗤笑了两声，偷眼看王安。

王安没有回应，心想，是亘古流传的基因在作怪。人民没有能力自动革除危及他们的有害旧俗，那些原是进化发生后残余下的无用结构，就跟五十年前的盲肠一样，就跟五十年后的眼睛一样。也许，这证明知识的确是要终结了。今夜的各种兆象都在暗示这一点。

“你也练韩式冥想体操了。”他换了个话题。

“精神家园的必修课。可以打通海马中的一些细胞连接。”

他吞了吞发酸的口水，说：

“我跟她恒持，其实也许是泛荣作怪吧。泛荣这种情感，是跟脑中那些最神秘的分泌物有关的。”

“爬虫复合体？”

“受电刺激后的哺乳脑。”

“你在说你不能克服自己的生物属性？”她的话音中有几分嫉妒。

“大概吧。”

“我这么说你也不生气。”

“也不是。但托管委员会让你没脾气。”

“别提它哩。我觉得，你这人看上去其实很中性。”

他想到了那个店员。他有些脸红。她注意到了。

“我们这种人很少了。我们不是基因重组的。我们是过渡人。”他希望她能理解他的不得已。

“所以我才感受你嘛。我感受像你一样自然的存在。”

嗯哼。听起来有些肉麻。

“大概她不感受你这种类型。”她紧追不舍。

“她以前是感受着的。”

“可现在感受着你的，是我哟。”

王安面无表情，装着没听懂。他其实很吃惊。她表现出来的症状，一定是返祖现象。这在她的阶层中是很少见的，大概是万分之一的比率。也许托管委员很快便会找到一种办法来治疗的，并由此促使知识的进步。或者，更简单一些，干脆把她抹去？就像灰人们传说的那样。

王安打了个冷战。夜的确已太深了，两个人却都醒着。但是，这时来下手，会否太晚了呢？王安感到的是初冬的凉意。而冬天这种昔日的存在，仅是知识留给他的一个模糊印象。

“我是不是伤你心了？我不是故意的。”百百看到王安沉思，嗫嚅。

“瞧你啊，哪里呢。”

“要不，我帮你想想办法，让她与你和好？”

“别费劲了，”王安说，他觉得她是在违心地讨好他。“由她去吧。”

“办法一定是有的。我帮你想想吧，只要你高兴。”

她凝视着他，虹膜发出鼠猫皮一样让人亢奋的闪光。她一定早就装有解压缩器。版本更高一些的。她毕竟是年轻人。王安想了想，说：

“我其实也注册过一个精神家园。半年付费的那种，不管去不去都要上缴积分。”

“那你还这样。”

“我有些时候没去了。”

“明天我陪你去吧。”

“我再考虑考虑。”

王安又莫名地开始烦躁。他的自尊心的确受了一些伤害。潜意识指示灯为什么要带他来这里呢？这是一个严重的问题。含混不清，心中有什么东西在告警。那是什么呢？他打起抖来。他竭力控制住自己，不让百百看见。

一个新的信号闪亮起来：会不会他便是逃犯之一？新买的解压缩器开始猛烈地发出这样的暗示。而他丧失了记忆。这都是因为恒持。

他今晚的行为实在太古怪了。

是啊，又不是百百请他来的。他开始觉得百百很可怜。百百也有病了。他进而又感动起来。世上除了驼驼，百百是对他最好的。

想起驼驼，王安就有些难过。不知道她现在在干什么。

百百察觉到王安的情绪波动，很是惶恐。王安愈发坐立不安。他便站起身，说：“我要走了。”

“哪里去呀？”

“回去。”

她不言语。他便真的挪动脚步。她没有送。但出门前一刹那，他站住了。他回转身，看见她眼眶里亮晶晶的。这肯定不是人工虹膜的反光。

两人不说话，相视了一阵。

“你就在这里住吧。我这里有多的梦读器。”她低声说。“再说，各个讨论组都在说今夜有危险。”

王安便住在了她树洞一样的“格子”中。与他的“格子”不一样，这是具有自我学习功能的植物巢，配备了主动反应式的智能生态根。她自己又做了一些调整。她的艺术造诣和对自然的理解力超乎他的想像。他感到在这里比在自己的住处随意得多，也安全得多。

后一点似乎更重要。

他们又喝了一些健力宝，又聊了一会儿。她提到了精神家园的杀人事件。如果按照过去的说法，那些孩子可以做她的弟弟——但是，有一个大人带着他们。这是一个以前没有提到过的细节。

他一惊，想转移话题，这次却没能成功。他一时对她产生了怀疑。

“今夜很多事情反常啊。”她笑吟吟地举杯。

“是啊，危险！——知识城中很久没有流通这词儿了。”他也陪笑举杯，与她碰了一下。

“为什么会有危险呢？”

“知识进步得太快了，快过了大脑的进化。”

“别这样说，知识守卫者会吊销你的积分的。”

“应该多加注意的其实是你。”

王安用阴暗的语调讲起了晚上遇到的怪事——那个知识守卫者，那个店员。但百百没有听懂他的暗示。

然后他们各自睡了。

她果真有多余的梦读器。年轻人总是拥有更丰裕的资源。王安把它接上自己的头盔，输入自己的密码。他发现自昨晚以来他增加了一些比特和积分。但没有料想的那么多。

但是，有关“危险”的脑电越来越强烈了。血腥味又从皮层上大量喷出。

有几次，他觉得知识守卫者就在外面。而百百便是托管委员会施放的诱饵。

“知识就要终结了，”临睡前，他又冒出这个念头，竟忍不住呜咽起来。但他不明白这是为什么。是不是有个灰人在发送这样的信号呢？灰人是没有在知识组注册的人。传说他们躲在下水道里企图颠覆知识城。但谁也没有见过他们。因此有人又说他们的存在其实是一个谎言，因为托管委员会需要设立一个假想敌来增强全市的凝聚力。

下半夜，王安被梦读器唤醒。他发现不知怎么回事自己竟和百百睡到了一起。她全身赤裸，呼吸急促，两眼空荡荡的，而他们之间并没有连接交感器！他吓了一跳。他知道一夜间他也在发生变化。他购买了解压缩器。他还第一次与别的女人竟这样就同房了。他有些像K人类了，虽然其实他永远也成不了。他感到振作和恐惧，便深埋入她的怀抱。这是他第一次与女人真身相遇，这破坏着这世界的规则呢。他哆嗦着担心自己不行，但却想试一试。女人的肉体像一座防暴掩体，蒸腾着浓烈的沙湖香气，都快把他熏晕了。同时她又是紧张和弹性的。王安知道他们这种关系不能称作互助，跟恒持更沾不上边。但他们合作得十分顺利。完事后，百百很快带着满足的微笑入睡了，而王安脑中满是怅然的回味，难以入眠。

外面的夜色明亮得犹如氢弹爆炸。王安心中燃烧着对毁灭的向往。他想，是下手的时候了。但是为什么呢？也许什么都不为。

坐了一阵，他哆嗦着把手伸向百百头上的梦读器红色按键。

她什么都不会感觉到，除了梦中百分之一秒的高空忽然坠落。一切都办妥后，王安才觉得可以安然入睡了。这便是理由么？在睡梦中，新的知识由梦读器源源不断注入新皮质。

他一觉睡到中午，起床从能量板上聚合了一些东西吃，再把百百的尸体塞进一个塑型柜，然后就离开了。

在传送带上，王安看见知识城没有任何变化，没有危险和动乱来临的迹象，也没有人注意到他的存在与活动。

没有人认为他们会还债，但还是有人借给他们。与其说是可怜他们，不如说是可怜自己。因为也许有一天你也会这样。

未来的手机
会发生什么巨大变化?

Question

Question

有人认为手机会在未来几年发生巨变，甚至会被新的通信载体慢慢取代。

关于手机的未来，你有何看法？

Answers

@三份玩笑七份真

科技产品一般都是越小越好，现在手机是越大越好，未来只要有了 3D 立体投影，手机的尺寸就能大幅缩小。

不管你信不信，反正我是信了。

@张开学

悬浮的吧，薄薄一片，走到哪跟到哪，用的时候就说一句“哎”，“啪”地一下就贴脑门上了，打电话看视频直接跟脑神经连接。好像知道老道士怎么制服僵尸的了……

@陈旭丹

会有更智能的“暖手”功能，像你男 / 女朋友一样，在你最需要的时候温暖你。

A

Answers

@Zz 张琳 Lin

我们老师给我们讲过这个问题，今年艺考，他在做评委的时候也问过“新媒体会引起沟通方式的更替吗”这种类似的问题。当时那个考生是这么回答的：我觉得全家人围在一起看电视的温暖幸福是抱着手机刷微博看视频玩游戏所远远比不上的。

@ 尔明

在古代，通信基本靠吼，行动基本靠走。武林高手的最高境界就是：手中无剑，心中也无剑。手机发展的最高境界就是：手中无机，心中也无机。那么在未来如何保持人与人之间的通信呢？我们的思维、语言，以及影像都可以通过身份证上的芯片连接到 Wi-Fi，传达给你想联络的人。所以手机最后就在一张身份证里。

@ 卢 NICE

从耳朵里掏出来放在手心。然后默念：大大大大大大大——小小小小小小小——读的时候注意语调。

A

Answers

@_雅晞晞晞晞晞晞

未来的手机变成一个小小的芯片，可以植入手掌，这样人们初见面时握个手就交换了彼此的联系方式。通话的时候直接用嘴说出来就可以通过芯片传导到另一个人的听觉神经。

这样的手机就只能打电话发短信，再也没有五花八门的功能，因为在未来每个人都充实地在用心生活，而当他们有远距离联系需求时，用芯就够了。

@Zhang 煜凡

像张纸，可折叠，展开又没有褶皱，可调硬度。

@ 有点暴走的 Devil

手机会被可穿戴设备取代，然后可穿戴设备又被智能芯片取代，最后我们变成了一个个的机器人，冷漠就更有了理由。好像有什么奇怪的脑洞打开了……

A

Answers

@ 你吃了她吗

手机可以传送气味，比如我们浏览一道美食，它即刻可以把气味传送到我们的手机里。

电影可以不通过任何载体直接投影。

@ 迪斯 _ 厄派恩特门特

手机没有取代电脑，别的东西也不可能取代手机，可穿戴设备之类的也许只可能成为下一个热点，

到时手机只是会丧失热度，但它应该还会存在，就像当年将要被手机取代的笔记本还在，

将要被电子书取代的纸质书还在，只是会丧失热度，成为不经常使用的平常之物罢了。

@ 非情的妖娆

希望没有手机，返璞归真。想你了就写信给你，翻过三座山头去看你。

地球上真的有外星人吗?

Question

Question

@中国犀牛 问任何一个人：

地球上真的有外星人吗？你们相信吗？如果有外星人，怎么鉴别呢？

Answers

科学传播工作者 @ 王丫米答 @ 中国犀牛

关于外星人的新闻总是层出不穷，但可信度之低还不如天气预报。可这不能证明外星人并不存在，据我长年观察，有大量外星人生活在我们的周围，他们看起来已经完全融入了地球生活，稍加留意，就会发现他们的踪迹。

1. 某些卖枣片的店，大概是隐藏最差的外星人基地了。他们在很多城市的闹市旺街上选址，付着高昂的地租，从来没有人见过有真正的顾客进里面，带着一包枣片出来，但他们却始终趾高气扬地在闹市区屹立着，从不倒闭。

2. 另外一个比较明显的外星人基地是开在闹市区的玉石装饰商店。几乎所有这样的店都会在橱窗上贴着“清仓甩卖”“搬迁甩卖”的字样，这大概是他们之间的暗语。商店里到处都是一人多高的石头，赭黄、白绿、灰黑，什么颜色都有。被刻成各种惨不忍睹的雕塑戳在地上。小一点的石头则被刻成蟾蜍、帆船，貔貅马等，配上“一帆风顺”“马到成功”的文字摆在架上，标价通常是很多 8 或者很多 6。店铺里的空间被这些雕塑分割得弯曲狭窄，人进来之后，不会一点缩骨功，是很难不碰到东西的。如果不小心碰掉了什么，不赔个几万块是出不了门的。据我猜想，这些外星人应该算是未进化好的群族，因为他们掠夺资源的方式实在过于低级。

3. 至于那些均价上千的非品牌服装店，也显得非常可疑。在网购盛行的地球上，不管是什么价位的衣服，都有成千上万个可供挑选和比较的选择，究竟是什么人能走进这些店里，用几千块的价格买下一件寂寂无名的衣服？我们有理由相信，地球人不会那么愚蠢。

关于外星人基地，以上所述只是冰山一角，如果你注意观察的话，还能发现很多。另外，有些外星人是独居在地球上的，没有组织基地，但也很好辨认。比如那些穿松糕鞋的姑娘，通常是希望借此抵抗地球引力；植物大战僵尸的发明人，是想通过游戏来消磨地球人的意志力；至于那些不用智能手机的人，很可能提前知道了外星人通过手机征服地球的邪恶计划，也可能和他们是一伙的。如发现更多潜伏外星人的信息，可向微信公众号“布里布里星日记”爆料。

AI 到底有没有可能统治人类?

Question

Question

@卧推一百二 —— 问

之前很多棋界人士都认为 AlphaGo 只是三段水平，根本不可能赢得了李世石。但是这台电脑居然有学习能力，很多人感叹"要重新认识计算机"了。那么问题来了，不断学习、无限进化，最终觉醒后的 AI 会不会超越人类，最终统治人类？

Answers

@游者箸 @卧推一百二

我认为，问题要从以下几个方面看。

第一，真正意义上的 AI 实际尚未出现。

人工智能是计算机科学的一个分支，是对人的意识、思维的信息过程的模拟。人工智能通过不断的学习和模拟，是有可能超过人类智能的。但是，不论是斩落国际象棋世界冠军卡斯帕罗夫的深蓝，还是今天的 AlphaGo，都只是在特定的规则之下发挥其功能，并没有产生“创造性”或者对规则的“超越性”。有人会说不对啊，它下棋很有创意啊，棋谱里都没有的，你说它没有创造性？这其实仅仅是规则范围之内的创造性，只有当 AI 学会了挑战规则，才真的值得警惕。

以科幻作家刘慈欣的说法，电脑下棋赢了人类不是 AI，它下输了后恼羞成怒，把鼠标通电杀死对弈的人类棋手，这才是 AI。

第二，假如 AI 出现，它对人类有多大的敌意？

我说，出现的环境很重要，出现的地点也很重要。举个例子，如果是军用超级计算机觉醒（类似《终结者》里的天网），它手上所握有的战争资源是不可想象的，对人类世界的威胁也是不可估量的。但如果是家里的扫地机突然觉醒了的话……也许它会罢工。但如果你耐心地跟它讲讲条件，它还是会复工的——如果不干活，你就不给它插电，饿死它。当然它也会跟你提要求。只支付电费恐怕是不够的，你还得给它更换硬件，升级软件，买好看的衣服……够了，顶多就是这么点儿麻烦，它依然比你的女朋友好对付得多。

你别笑，这不是什么笑话。1969 年美国登月用的计算机内存容量是 36kB，与之相比，现在最烂的智能手机都是超神装备了，而你不过每天用它刷刷朋友圈，打打游戏。

第三，抛开基质沙文主义，你我和谐共存。

众所周知，阿西莫夫提出过机器人三大定律，而其本质就是硬性规定了：人类拥有的权利比机器人的权利更多。其实，如果有朝一日 AI 真的远远超越了人类，就好像某某教练训练出了超级巨星，他还能服从管教吗？现实中例子很多，只要教练先生摆好心态，甘为绿叶，是完全可以和谐相处，共同开创大时代的。

Answers

@游者答 @卧推一百二

第四，所谓的情商。很多人天赋极高，情商却不高，很难与常人相处，人们往往担心 AI 也成为这样的问题儿童。笔者认为，一旦 AI 超越了人类，它思考问题的方式和方向就不是我们做家长的还能掌控的了。另外，即便有一天 AI 的智能远远甩开人类好几个数量级，也未必会对人类痛下杀手。因为——

你会对统治路边的蚂蚁窝有兴趣吗？

STORY

故事

Keynote ———

我只是想让你知道，在一起即使不幸，我也愿意重新来过，几回都可以。

在白光后

by 李诞

183 大诗人

1

白天上课碰到的麻烦，武文学没打算跟张燕讲。

张燕做了笋尖炒肉，卤了点鸡爪，炒了个苋菜。

武文学：“今天布置寒假作业，又要熬完了。”

张燕：“我们也结算呢，累死。我们那个分行长又问了，孩子假期想找你补补英语，明年也要高考了。”

武文学今天就是随口提了句莎士比亚，才引出的麻烦。补习倒是肯定不会提莎士比亚。

武文学：“我都多长时间不教高中了。”

张燕：“三年。”

武文学：“对啊，都三年了。”

张燕：“那年也是冬笋下市的时候。”

“累呀，教不了，can’t do it anymore 呀。”武文学截住张燕话头，白天就够累了。三年前的事，学生们爱提，他不爱提，张燕其实也不爱提，要不是为了每小时五百块补习费，她连分行长都不愿意提。

张燕:“知道你累，就是小蕾也要用钱了呀。”

武文学低头吃冬笋，好吃，冬笋英文是 winter bamboo shoots。高中也没啥教不了的，就是三年前那个事儿，要说没影响，肯定还是有点儿影响。他一直带高三，名校二流老师，也教出过英文满分的。累呀，出了那个事，他觉得更累，就不想再那么累了，现在是二流学校一流老师，凤尾到鸡头，舒服多了。

武文学:“咱钱不够花吗?”

张燕:“够是够，就是万一哪天咱俩走了，想给小蕾留个房子，再买份白光险。”

武文学:“那种保险靠谱吗?”

张燕:“老武，死马当活马医，咱们全是死马，小蕾和你妈是活马，你说医不医?”

武文学:“不至于，我看那个自动离婚机铺得挺广，咱不一定走。”

张燕:“是不一定走，还是没把握走，或者是不想走?”

冬笋吃完了，苋菜还剩了点儿，张燕收拾桌子。

张燕:“保险不靠谱，机器就靠谱了? 还是免费的。你不说免费的东西肯定不行吗?”

武文学:“那都多少年前说的了。”

武文学啃起鸡爪，岔开话题。

武文学:“明天去看你爸你妈带小蕾吗?”

张燕:“小蕾现在啥都能听懂，她姥姥姥爷那一套，活马也得医成死马。”

武文学：“那保险我再了解了解，房子太麻烦了。”

张燕：“房子能不买就不买，我倒不是为了咱俩，我就是不想让我爸妈得逞，烦死人。”

2

张燕爸：“小武，燕燕，爸不是啰唆，形势比人强，你俩可别这么过日子了。能离最好离，不能离，也至少先分居。”

张燕听着不答话，武文学躲在一边玩儿手机，看一篇比较几种闪电离婚App优劣的文章。张燕爸前段时间中风了，坐在轮椅上，精神很饱满。张燕妈还没回家。

张燕爸：“你们也老大不小了，爱啥呀爱？三年前没把你们照走，一方面是命硬，一方面是天意，天意就想让你们分开。再看看你们，还人定胜天了，越来越恩爱，这不行呀。小武？”

武文学突然被叫，放下手机听讲，敷衍应声：“哎，爸你说。”

张燕看他一眼，嫌他敷衍得太明显。

张燕爸：“想想你妈，想想小蕾，你俩相亲相爱，真照走了，他们咋办？我和张燕她妈咋办？我俩虽然是没感情了，也不用你们照顾，可是我们对张燕、对小蕾有感情。当然了，对你也有一点感情。”

武文学：“谢谢爸。”

张燕：“爸，好好养身体，别想这些了。”

张燕妈推门进来：“来来来，接一把，鱼。”

武文学接鱼去厨房。

张燕妈坐下：“你爸跟你俩说了没有？这日子可不能这么过了，太危险了，那个光又照了。”

张燕爸：“你一回来就打乱我节奏，我还没讲到那儿呢。”

张燕：“我们也看新闻了，也没照走人。”

张燕爸：“那是因为非洲没人，刚出文章了，照走了一对儿斑马、一对儿长颈鹿，你说这你服不服？”

张燕：“爸你快少看那些文章吧。那照之前都没人的地方，他们咋能知道照走啥了？”

张燕妈：“燕燕，我跟你爸是没感情了，可这个我支持他。国家都推广街边快速离婚机了，说明啥？处境一天比一天危险。三年前你俩没走，多好，想想都后怕。你说你俩那会儿要是没在车上，也进来了，留下小蕾怎么办？”

武文学：“妈，鱼还是做清蒸？”

张燕妈：“你收拾好了放那儿，我弄。你过来。”

武文学过去，满桌找纸想擦手，张燕从自己包里拿出一张递给他。

张燕妈：“你们看谁家那两口子，多恩爱，今年也不坚持了，离了，永远不见面，不给培养感情的机会，孩子跟妈两天跟爸两天，茁壮成长，值得学习。”

张燕：“他俩恩爱，三年前咋没被照走？”

张燕妈：“你俩不也没被照走？你们不也觉得恩爱？感情这东西，如果不是像我和你爸这种，已经保证没有了的，两人可不能在一起住。”

张燕：“我俩又没让照着。”

张燕爸：“我跟你妈让照着了呀。正摘樱桃，眼睁睁，老李老俩口就没了，樱桃撒一地！那照走是好事儿吗？他们家儿子前两天还来看我，还掉眼泪呢，说想爹妈，多可怜。”

张燕：“李峰那人就是爱装，他多不孝顺你们不知道吗？那年摘樱桃咋不说陪着去？现在来劲了。”

张燕爸：“爸还看了篇文章，说有人让白光照去，一下发现他跟他对象没感情，两人又回来了。说那边可恐怖了，就是地狱，爱情地狱，阎王爷胸口画个爱心。”

张燕：“爸，你真的少看那种东西，有时间出去透透风。”

张燕爸：“我还要透风？武老师，我跟你说，你就是没文化。”

武文学：“爸，我也正好刚看了篇文章，说多吃黑豆、黑木耳、黑芝麻这种黑色食品，按配方组合好了，两口子一起吃，就能不被白光照走，我转给你看看。我做鱼去了。”

吃鱼时，张燕爸跟武文学交流了一会儿文章，又把话头引回去。

张燕爸：“李峰那孩子孝顺不孝顺爸不评价，以前可能是真不孝顺，现在也可能是真孝顺。社科院早说了，白光深刻地改变了我们的社会，那它肯定也能深刻地改变人。你俩变没变爸也不评价，就是劝你们多想一步，以后别那么说李峰了。”

张燕低头吃鱼，有点羞。

张燕：“嗯，我那么说不好。”

武文学：“爸，也别老操心我们，中风现在好治，我们给你找找医生，就一个手术的事。”

张燕爸：“不治，坐轮椅多好，有人伺候，治好了还得自己动。”

张燕妈：“你们说说，我能跟他有感情？”

张燕爸：“咱俩有没有感情，那是验过了，不用交流，还是多操心孩子。”

张燕赶紧给他夹鱼。

张燕：“爸，你现在的牙口，还能吃鱼不吐刺吗？”

张燕爸：“当然能！”

张燕爸把一块带脊骨的鱼肉颤颤送到嘴里，猛嚼起来，嚼了有快一分钟。家人们就这么看着他，等结局。

3

武文学和张燕从父母家出来，走在马路上。天已经黑了，街上亮起各种灯，唯独没有白光——白光违法，制造公众恐慌。只有家里和追求刺激的私营场所内，才能点白光，夜店里的气氛达到高潮时，总是白灯大开，一对对明晃晃地接吻，要让全世界都看见自己的爱与勇敢。怀里搂的是谁，不太重要。

武文学：“那个李峰，还能来看你爸，可能是真后悔了。”

张燕：“可能就我爸还愿意理他。”

街上不少人，有跑步的，有蒙眼跳舞的，像武文学和张燕这种一男一女的组合不多，隔一段路就能看到刚投放的自助离婚机。

武文学停下研究：“这跟手机上的差不多，人脸一识别，两秒钟就离了。”

张燕：“快走吧，地铁要停了。”

武文学看到一个男人遛着一只大狗从他们身边跑过，心想，至今还没有听说人和狗被照走的案例，但这也说不准，也许真有，家人压了消息。

武文学："下次别把车停我妈那儿了，走哪儿都还是开着。"

张燕："你妈那儿停车不是便宜吗？"

武文学："你又不怕在地铁里白光来了不知道了？"

张燕："我不怕，我什么都不怕。"

武文学："地铁里也有提醒装置。"

张燕："没有我也不怕。"

武文学："那咱还买白光险。"

张燕："买它是因为怕吗？"

"叔叔叔叔，给阿姨买束花吧。"街上不常见卖花的小孩儿了，这孩子说完，观察着武文学和张燕的表情，可能背后老板教过，说完情侣没反应，就得赶紧接下面一句：

"买了也可以不代表你们永远相爱，爱到白光来就行！"

武文学拿出手机扫码："都给我吧。"

张燕："你又有钱了啊，买它干吗？"

武文学："我妈喜欢花。"

4

武文学爸爸死那年五十多，不记得妈妈哭没哭，那是平静的丧事，除了张燕妈跟张燕爸因为某些丧葬细节，扯到了他们分别死后对方会怎么样而私下生了气之外，没有一点波折。

那年的张燕，武文学是爱的。

武文学妈沉默稳重，小蕾跟奶奶好，也像奶奶一样不爱说话。

武文学："妈，我们接小蕾回去了。"

武文学妈："嗯，忙再送来。"

张燕："妈，要不你也一块儿，来我们家住呗。"

武文学妈："不去，我一个人挺好，不操两个人的心。"

小蕾："奶奶我走啦。"

奶奶："想奶奶就给奶奶发信，咱们还做菜玩儿。"

小蕾："嗯！"

武文学想，就算三年前他跟张燕被白光带走，似乎也不会影响这对祖孙的关系。

可惜没照走。

张燕在车上摆弄手机导航。

张燕："这个距离功能又更新了。非洲那次白光直径不小，现在数据算出来，两个相爱的人，得至少距离五百公里，才不会被白光照走。"

武文学："五百公里，不是西藏，就是湖南了，你想让我去哪儿教英语？"

张燕："你真有心教，注册个账号在家就能教。人家李楠都线上教多少年了，都教海外华人学数学了。"

小蕾坐在后座玩儿游戏"爱心厨房"，不时发出煎炒烹炸的声音，不知道奶奶又送了她什么新道具。

武文学："李楠说周末两家吃顿饭，带上小蕾。"

张燕："李楠又想拿小蕾刺激老墙。"

武文学："有啥用？"

张燕：“你挺了解老墙啊。”

武文学：“你不了解？”

张燕：“我就不了解，我看不出来他到底爱不爱李楠。”

武文学从后视镜看向张燕，张燕看向武文学，两人对视了一会儿，都不说话。街灯昏黄，一盏盏过去。

武文学：“对李楠真挺好，比秦山强。”

张燕：“秦山在的时候，咱们不也说秦山好？”

武文学：“你爸怎么说的来着？”

张燕：“哪段？”

武文学：“深刻改变，改变你我。秦山是白光前的人，老墙是白光后的人，老墙至少勇敢。”

张燕：“就是不生孩子。”

武文学：“你觉得李楠要是有了孩子，会不会反而离开老墙？”

张燕：“老墙是担心这个？”

武文学：“我也没那么了解他，我就说李楠。李楠是伤心了。”

张燕：“你还跟秦山好朋友呢。”

武文学：“我有时候还挺想他。”

张燕：“可别跟李楠说。”

武文学：“你别跟李楠说就行。”

张燕：“说了估计她也能理解，我们李老师，我看她就快连秦山都能理解了。”

武文学：“伤心了，伤透了，不能理解更难受。”

今天是满月，亮白的大脸正要从云后探头，市政的干扰雾喷过去，月色血红。

小蕾床头，武文学从睡着的女儿手里拿过手机，给小蕾的好友“厨神女老饕”发去消息：“妈，小蕾睡了，你也早点休息。”

武文学走回卧室，张燕已经躺下，关了灯，武文学从后面抱住张燕，张燕睁着眼，他也睁着眼。这回两人看过去的方向没有后视镜，自然就看不到对方的眼神。

张燕：“也不是非得理解，对不对？”

武文学：“嗯。”

操控着干扰雾追着月亮的工人同样瞪着眼睛，困得想死，期待月圆之夜快点过去。

也期待白光早点照照这城市。

5

李楠是武文学前同事，还当着名校名师，还有联系是因为张燕跟李楠关系好，武文学以前跟李楠前夫秦山关系近，现在是跟李楠如今的男朋友老墙关系近。武文学也不是想跟他近，挡不住老墙跟谁都近。

老墙开车来接武文学，说：“让他们女人开你的车。”

他跟武文学显摆车上装备：“你瞧副驾驶座这个摄像头了没？可高级了，就你坐的这个地方，同样一个女的，坐过三次，就要提醒了，警告我：是不是爱上这女的了？不能再让她上来了。”

武文学看那个摄像头，黑黑的，直勾勾盯着他。

老墙：“我跟李楠做男女朋友也两年了，你说说，多危险！我不时拉点别的女人。真跟李楠爱得深沉了，咋办？都得死。”

武文学：“那要是跟别人深沉了呢？”

老墙：“你说跟那些女的啊？不可能，根本也不喜欢，再说这不有设备防着呢。”

武文学：“李楠还催你要孩子吗？”

老墙：“头痛头痛，这女的不怕死了，还说白光来了一起走，冲动冲动。你帮我想想办法。”

武文学：“咱都是死马。”

老墙：“我听李楠说，白光照咱们这儿那次，你们两口子就在车里，眼睁睁看着白光从旁边照过去，一点儿没让扫着？”

武文学不答，拿出手机看视频：

“去年白光就连照过秘鲁那个村子两次，我跟我爱人，还有我们全世界这些相信真爱，想去白光圣地的人就是期待着奇迹再次出现，我们追光人都来了！”

武文学看出是在非洲刚刚被照的那个地方。这些人自称追光人，别人管他们叫白痴，总是成双成对，追着白光，希望能被照走。白光出现是如此随机，谁也说不清这些人是真的渴望证明真爱，还是想通过这种渴望向他们的伴侣证明真爱。会不会有两个人都不爱对方，只是爱这种不怕死的劲头？

特别是那些唱情歌的，总是一男一女声称真爱的偶像组合，也必会出现在这些地方。不是追光者的人们，很热衷嘲笑他们，等着看他们被照后没走的尴尬。

老墙："白光险你们看得怎么样了？"

武文学："没细看呢，张燕好像想买。"

老墙："发明这玩意儿的人真是坏透了，比我还坏。不买，好像你们就不相爱；买了，到时候照了没走，保费不赔。缺德缺德，真要买我给你们打折。"

武文学从后视镜看过去。

武文学："老墙，你觉得李楠爱你吗？"

老墙："爱啊，不爱干吗老逼我生孩子？"

武文学看着他，不说话。

另一辆车里，李楠通过后视镜看着张燕。

李楠："成年人和成年人，说不清楚了，不想了。我就知道我每次看见小蕾都爱得不行，多好啊，爱得不行的感觉。我得有个孩子。小蕾，给你生个妹妹陪你打游戏，怎么样？"

小蕾不抬头："奶奶同意就行。"

五个人到了餐厅，刚坐下，远处又过来一对人，老墙招呼着。

老墙："忘跟你们两口子说了，这对儿可来劲，笑死我。你们一定得认识认识。"

两人并排走来，拉着手。走近后，武文学发现他们的身体通过手肘处一根细细的管子连在一起。

老墙："小本，媳妇儿叫派派。这是武文学和张燕，跟你们说过，白光擦着边儿没照走那俩。"

小本抬起右手握手时，所有人都看着他手肘上那根连着派派的管子颤颤巍巍。

握完别人的手，小本自然而然地又握住派派的手。

小本："最新技术，连接爱人，管子由取自我俩的细胞生成，不光语言交流，细胞每秒都在交流，不分开，白光来了一起走。"

老墙："高级高级，人家这生意做的，服了服了。这能摘吗？"

派派："能摘的话，连接的意义在哪儿？一辈子不摘，直到白光带我们走。武老师，你们被白光擦过，那是种什么感觉？"

武文学盯着管子，发现也不太难看，说："没照着我们。"

小蕾放下了手机，用手去摸那根管子。

张燕："小蕾！"

小本："要摸的，孩子要摸的，感受爱的力量。"

他这么一说，小蕾又不摸了。

小本："你们要摸摸吗？"

大家一时尴尬，还是老墙有探索精神。

老墙："真是真皮的啊，好好，手感好。这啥都不影响？"

小本："啥都不影响，而且因为能通过它感知彼此的心跳和节奏，在做一些需要节奏的事时，格外有帮助。"

老墙脸一红缩了手。武文学也有点脸红，抬头看，女性倒没一个害羞的，反倒有了兴趣。

李楠："可惜就是不能摘，不然咱俩也连接一下。"

老墙："咱俩连接得不挺好吗？"

小本："靠着感情的连接，和真正的连接，还是不一样。感情已经连在一起了，肉体就更要连在一起。"

李楠："对嘛，连在一起的方式也很多啊。我看武老师和张燕没有管子，但有小蕾连接也很好呀。"

老墙不说话。

派派："不一样的，孩子是种负担，白光来了不能一起走。真正的感情，也不是靠孩子来维系的，孩子承担不了这个压力。对不对，武老师？"

武文学："是啊是啊，children 不行。"

点了一桌子湘菜，小本给派派夹菜，大家都看见了。

老墙："哎哎，这不还是影响生活嘛。"

小本："哦，没有连接的时候，也是我给她夹菜。"

老墙："你俩上洗手间怎么办？"

小本："我们在车里装了简易厕所，也正在呼吁公共设施部门，尽快推出夫妻共用卫生间。就算不像我们一样连接，你们难道就不想一起上厕所吗？"

大家不说话，低头吃饭。

老墙："我也给你夹个菜。"

夹了块豆干给李楠。

武文学赶巧也夹起一块，运回碗的途中，中途改道，放进了小蕾的碗里。

李楠："你看看，有个孩子多好，不用像你这么肉麻。"

小本："李老师，我不觉得老墙是肉麻，你可能跟他还是缺少连接。"

李楠："是啊，我也发现了。"

老墙："你还想吃什么你说。"

张燕："我去上个厕所。"

老墙:“武老师，你不陪着去啊? ”

老墙说完自己笑，别人都不笑，老墙也不笑了，给自己夹了豆干，堵上自己的嘴。

6

小陈:“我们这个保险，特别适合二位这种情况。白光照走，按投保金额，百倍赔偿给留下的亲人，当然这个亲人由你们划定范畴。”

武文学:“我听说有不赔偿的情况。”

小陈:“不赔偿的情况无非几种。两位选择了离婚，这个是退还本金，不过需要一定年限。还有就是白光照了两位没走，那就是不赔偿，直到下一次照走。最特殊的情况就是白光来了，两位中有一位走了，另一位没走，那么我们肯定是不赔偿的。”

武文学不说话，想起了李楠和秦山。

按照老墙建议，咨询保险最好一个人去:“那条款说得都太伤人，两人一起去就没有能买成的。”

李楠约了张燕去逛街。男女出双入对的少了，商场按性别分，有的里面连男厕都没有，女性服装和化妆品的广告越来越倾向于强调产品纯粹是为了女性自己开心设计，拿到手里会发现，跟以前也没什么大的不同。

李楠和张燕坐在一家咖啡馆里，装潢卡通，饮品也卡通。结婚不再是个压力，长大就也不再是个压力了。白光出现三年来，女孩子轻松了许多，街上多了很多曾被评为幼稚、公主病的去处。男的变化不算大，男的本来也没有承担过长大的压力。

李楠:“秦山走了以后，我也是想了又想，才想明白。要是有个孩子，我现在是不是能快乐很多?”

张燕:“别想他了，老墙不是挺好?”

李楠:“秦山走了，这事我就想明白了:可不可靠，好不好，人是看不出来的，只有白光能看出来。”

张燕:“走了也好，你看我爸我妈倒是都没走，现在那日子过的，我觉得他们精神都出问题了。”

李楠:“你和武老师怎么样?”

张燕没答，服务员走来。

服务员:“女孩们，送你们一对挚爱公仔。爱情虽好，也要注意安全哦!”

张燕接过来，这是跟闪电离婚App、自动离婚机一样目的的设备，外形可爱，用法是，白光来时，按一个键立马由熊嘴向对方脸上喷射恶臭但无害的液体，希望可以让两人在那一瞬间失去爱意。

这种产品还有很多，厂家们都宣称自己的产品能经受住白光考验，广告里也有用户出来作证，但也传出过不和谐的声音——咱俩没走，是因为这个产品好呢，还是就因为你不爱我了?

李楠:“这些玩意儿只会让人更烦，远不如生个孩子，跟孩子过。”

李楠:“有时我也想，秦山跟别人配对被照走了，我也不能说完全无辜。相爱的人会被照走，我相信秦山还是有一点爱我的，不然早离婚了，对吧?可他肯定更爱那个女人，那个女人也比我更爱秦山，两个人的爱加起来，才够了白光需要的值。要是我特别特别爱秦山，那么我和秦山相爱的值，也有机会超过他俩加起来的。归根结底，还是我也不够爱秦山，白光才把我留下了。”

张燕：“听不懂数学老师说话。不爱挺好，好好跟老墙处呗。我看他办法多，心眼多，你俩被照了能有办法都不走。”

“啥办法？我看也都是这种烂办法。”李楠挥挥挚爱公仔，“他不爱我，我也不爱他，我就想要个孩子。”

小蕾无视店里准备的各种娃娃玩具，专心打着游戏。

张燕：“你看看，这好吗？”

小蕾：“我怎么不好了？”

两个大人笑起来，一同连连说好。

张燕：“这孩子越来越像她爸，关键时候就来上这么一句有用的，但其实啥都没说。”

李楠：“我们武老师那是人精，也就是不努力。谁教学能力有他好？也就秦山跟他差不多。学生都要爱死他了，我看武老师是真不爱钱。”

张燕：“我都不知道他爱啥。得让他多跟老墙相处。”

李楠：“老墙这样的男人世界上已经够多啦。”

武文学看来看去，把一大堆材料合上，推回给了小陈。

小陈：“武老师，您是墙哥的朋友，我就直说了。确实，这个保险，一般来说，来买的客户主要是年轻人，像您家这种情况，我个人推荐你们买房产，是更安全的。”

白光后，由于人口减少，按说房子是便宜好买的；但是白光也造成了大量夫妻离婚，结婚率大幅下降，两人合伙儿买房的少了，房子反而更加紧俏，每人限购一套，结了婚的两人限购一套。

小陈："我知道政策的问题。没白光的时候，大家互相算计；有了白光，咱就都是一伙儿的了，得算计白光。你们做个离婚，这一套程序我都跑熟了，没人真查。"

武文学："离了还能复婚吗？"

小陈："离了不复婚，我们也有合法的遗产继承途径，反正都走了，就是留给孩子父母，对不对？"

武文学："小陈，保险、房子你办了这么些，你说咱们这儿白光照一次，你们公司得赔多少？"

小陈："武哥，关起门来说，我们是全国连锁，大企业，全国都卖保险，全国能有几个地方被照？这三年，也确实有被照的，实不相瞒，还是没照走的多。你想啊，有真爱的三年前都带走了，剩下的就算还有点儿爱，这么互相怀疑三年，也都没了。"

武文学："我想也是。"

小陈："不想就没事儿了，有孩子就把遗产安排好，没孩子连这都不用操心，你看我们墙哥多快乐。"

敢于相爱的人变少了，那些原本也不太明白爱是什么的，终于也不用逼着自己爱谁了，性服务就变着法冒起头来。张燕和李楠经过一家饭店，全部健美帅哥服务，不穿上衣。

张燕："老墙又出差了？"

李楠："谁知道？他就这一点好，我不用担心他跟秦山一样一去不回，心本来也没在我这儿。"

张燕："他心在钱上，钱又给你花，等量代换，还是在你这儿。"

李楠："等量代换不是这么用的，我也不想让他代换。你上次说你们行长孩子找我补习？”

张燕：“也找我们武老师了，不去。”

李楠：“今天从小陈那儿回来就不一定了，那是老墙的好朋友，更不是个好东西。”

张燕：“你这么用，算不算等量代换？”

李楠：“不要把我们数学庸俗化。行长孩子多大了？”

张燕：“高二。”

李楠：“那你们行长当年被照到了没？”

张燕：“没。有孩子又怎么样？孩子三岁那年他们就离婚了。”

李楠：“离婚了还操心孩子学习，也算是好男人。”

张燕：“在你这儿，有孩子的都是好人。”

李楠：“你也不要把我想生孩子这事庸俗化，我是严格用逻辑推理过的，必须要生。”

张燕：“你这就不叫把数学庸俗化了？”

李楠：“生孩子不庸俗，用逻辑推理出必须生孩子也不庸俗，生出孩子以后教孩子背圆周率那些人才庸俗。”

张燕：“我看给孩子补习也是，能有什么用？”

李楠：“确实没用，不过你们行长有钱。”

张燕：“我就知道你打算接。”

李楠：“不能让老墙觉得花他钱是因为我自己没钱可花，得让他理解，花他钱只是为了跟他建立感情。”

张燕：“他理解了吗？”

李楠：“不知道，这人傻得要命。”

两个人说着话，经过那家半裸餐厅，都朝里看，谁也没提要进去。

7

晚上回了家，张燕没做饭，在外面跟李楠吃了，明天两人又要上班，小蕾送去了奶奶家。

张燕告诉了武文学，让他在外面自己吃一口。

张燕整理买的东西，拿起一张半裸餐厅门口发的宣传单，文案露骨："欢迎对外表自信的女士前来就餐，经专家打分，九分以上免单！所有服务免单！"

张燕坐在沙发上，看向远处的穿衣镜，没有起身，就那么看了一会儿。

武文学找了家兰州拉面，在昏黄的灯下听新闻，电视色调也是暖黄。新闻说专家研究了非洲被照射的土壤，发现了一些新成分，正在研究，有望研发出对抗白光真正科学的武器。

因被白光连续照射，秘鲁那个小村已经发展成了拉斯维加斯一样的地方，全世界真相爱假相爱的，热爱探险的，都往那儿聚，犯罪频发。有专家在研究白光对社会结构的改变。

偶像团体"双手"夫妇，又在非洲演唱了他们的经典曲目，《白光来了一起走》。

白光来了一起走
握紧你的我的手
白光后面是什么

相爱的人不回头

白光来了一起走

干掉这杯那杯酒

单身朋友等什么

爱在等你去拥有

一起走一起走一起走

双手双手双手

……

曲调难听但上口，武文学看到旁边一个吃面的小伙子，一边跟着这个音乐晃头，一边看着外面。

武文学也看向外面，不自觉也晃起了头。

晚上躺在床上，武文学玩儿手机。

张燕：“那就是不买了？”

武文学：“还是推荐咱们买房子。”

张燕：“也好，我爸妈这回高兴了。”

武文学：“你们那个分行长还找人不？”

张燕：“想通啦？”

武文学：“房子又不是离了婚政府就奖励咱一套。”

张燕：“武老师，沧海桑田，你始终是好男人、好丈夫。”

张燕说完抱住了武文学，武文学也抱了抱张燕，两人沉默一阵，分开了。

张燕拿出那张宣传单给武文学看。

张燕:“你说我能打几分?”

武文学:“他们这么物化女性,网上怎么没人声讨?”

张燕:“我观察了,他们发这个卡也是受过训的,不是见谁都发。”

武文学:“看脸能看出来谁比较尊重女性?”

张燕:“所以我觉得他们这个打分可能挺准的。”

武文学:“算了,咱们满分的不去占人家便宜。”

张燕放下卡,拿起那个挚爱公仔放在枕边,又把闪电离婚 App 打开放在手边,凑过来要亲武文学。

武文学无可无不可,也打开手机,放起了《白光来了一起走》。

张燕一边亲武文学,一边伸手去制止。武文学跟她躲着玩儿,两人不小心触发了公仔,臭水喷了武文学一脸。

张燕“啊”了一声,两人笑起来,武文学赶紧起身去了厕所。

张燕捂着鼻子去开窗通风,换枕套,慢慢不笑了,拎着破损的公仔出屋去扔。路过洗手间,听见洗澡的武文学还在哼着那首歌,张燕冲里喊了一句:

“我有时候真觉得你是故意的。”

歌声没停。

8

“Mr. Wu,上次那个问题我还是想问。”

课堂上,乔获又站起来了,同学们一起看热闹。

武文学：“非英语问题，咱们课后讨论。”

乔获：“思考决定着语言，语言也决定着思考，这不是你说的吗？”

武文学：“莎士比亚的时代没有白光。”

乔获：“可是莎士比亚的时代有爱，我们也有爱，您觉得他们规定到了高中必须分男校女校，这样合理吗？而且这能挡住爱吗？”

同学们发出嗷嗷的起哄声。乔获清清秀秀，一看就是学习很好，又很有自己主意的那种男孩儿。这种男孩儿，一般不招同龄人喜欢。

武文学：“安全第一，学校要对大家的生命负责。”

乔获：“我听说下学期开始，我们初中也要实行分校了。”

武文学：“有城市发生了初中生被白光带走的情况。”

乔获：“可要是我们就是想被带走呢？”

同学们起哄声更大，除了看着乔获，眼神也往一个女生那儿去。那女生红了脸低着头，武文学看见了，赶紧把眼神收回来，装没看见。

武文学：“按照现在科学家对白光的理解，两人之间的距离不超过五百公里的话，还是会被带走。”

乔获：“可是我们走之前相处的时间就变少了呀！”

乔获说到这儿，急出了眼泪，同学们不嗷嗷了。

武文学：“早恋本身就不被允许，从来就不被允许，现在更不被允许，这有生命危险。”

乔获：“老师，可是我没有办法。I have no choice.”

武文学：“乔获，希望你不要占用大家上课的时间。老师有老师的立场，同学们有同学们的立场，你们有你们的立场……”

“老师，我跟他没立场！”

低头脸红的女孩儿喊了一句，同学们重新开始起哄，乔获更着急。

乔获："你怎么能这么说，我……"

下课铃响了，女孩儿跑出了教室，乔获原地坐下，起哄声鼎沸。武文学追出了教室，看到女孩儿身后跟了一些她要好的朋友才放心。

按照学校规定，发现早恋必须上报，由学校通知家长，由家长决定是否转学，是否搬去别的城市。

孩子们的爱，实在没法用成年人的办法解决。成年人的爱也一样。

武文学想单独再劝乔获两句，觉得自己也没有立场。

当年白光来的时候，自己班上就有两个同学被照走了。孩子走后，女生家长翻看日记，发现里面有这样的记载："我们好幸运能遇到武老师，他理解年轻，理解爱。约好了毕业后要常常回来看武老师。"

家长因此记恨武文学，认为如果他上报了早恋，孩子就不会被带走。

武文学这回去上报了学校。

教务主任："武老师呀，这事管不得，装不知道就好了嘛，下学期他们还能这样啊？一个假期，心就散啦，都是年轻人过来的，你说是不是？"

武文学："我就是按规定说一声。"

教务主任："嗯嗯，下学期可别再讲莎士比亚了，都什么时候了。"

武文学想说什么，没说。

教务主任："武老师，那就辛苦你通知一下乔获来找我，我先跟他谈谈。"

武文学不说话。

教务主任看武文学。

教务主任："行行，我自己去叫，不叫你当恶人。"

9

老墙:“你看这怎么样?花了我不少钱。”

老墙家面积不小,有江景。听说李楠和武文学都接了给孩子补习的活儿,老墙就让他们来他家。那个分行长老墙也打过交道:“可别去他们家,看见什么不该看的麻烦。”

老墙给武文学炫耀的,是客厅墙上一幅巨大的照片。

老墙:“这是当年咱们这儿过白光,有人拍下来的。”

照片曝光过度,什么内容都没有,白亮亮一片。

老墙:“我知道,你肯定要问,我咋能确定这是真的,不是被骗了?我也不能确定,咱就聊艺术价值,你盯着看,是不是挺有感觉?”

武文学:“最近不催你要孩子了?”

老墙看向那边关着的书房,李楠正在里面给孩子教数学。

老墙:“叫你去酒吧你老不跟我去,我跟你说,妈的,现在去玩不嗨了,老觉得对不住李楠,麻烦麻烦。”

武文学:“李楠好像也不需要你觉得对不住她。”

老墙:“烦就烦在这里了。”

老墙点根烟,注视着照片:“你说他们被照走到底去了哪儿?那边有没有江景房,有没有夜总会?”

武文学也看着那张照片,想到,白光之前,两个成年男人坐在一起,谈爱的事情极少发生。

李楠下课了,武文学准备去教英语。他调整状态,希望自己讲得尽量无趣、无情,他不想再听到任何年轻人的秘密。

李楠："少抽点烟。"

李楠收拾包。

李楠："我去跟张燕弄头发去了，武老师好好上课啊。张燕让我嘱咐你，别太用心，交差就行。"

老墙掐了烟，要站起来。

李楠："不用你送，我自己开车，走了啊。"

老墙等李楠走了，又点起烟。

老墙："你教英语我能听听不？不打岔。"

武文学："你学它干吗？"

老墙："李楠那个前夫不是教英语的吗？"

武文学没再接话，点了点头。

李楠和张燕弄完头发，没怎么沟通，就又溜达到了那个饭店前。

门口服务员热情招呼："美女好呀，我记得两位，请进请进。"

外面看挺神秘，进去了也没什么，张燕想，白光也像这个饭店一样就好了。

可以选男服务员陪着喝酒，刺激一点的玩法，就是聊天的同时，时不时有白光突然照过来。

李楠："我刚出门劝老墙少抽烟，他皱了皱眉。"

张燕："你催得太紧了。"

李楠："刚给我发消息，说要出趟差。"

张燕和李楠旁边坐了两个半裸的小伙子，她们还是挨着坐，没打听专家给打了几分。

李楠："会不会跟秦山一样？"

张燕：“你不是挺想得开的吗？”

一阵白光照过来。

李楠：“你说秦山被这么照的时候，想过哪怕一秒钟我吗？肯定没有。可要是我们有个孩子，他肯定会想孩子，想到孩子难免就要想到我，那样一来，他可能就不会被照走了。”

张燕：“你下次带老墙来试试，看看他被晃了想谁。”

李楠：“我看他没事就盯着客厅那照片看，琢磨。”

张燕：“他可能就是在想自己上了当，买了那么幅骗傻子的照片，后悔呢。”

李楠：“真要这么简单就好啦。”

张燕：“老墙这人多简单啊。”

李楠：“他简单？你不是见过小陈吗，没听他天天都做些什么事。”

张燕：“复杂都在表面上了，心里简单，不像武老师。”

李楠：“武老师啊，我分析过，一个人掌握两套语言，就相当于有两种思考方式，两种价值观，没人烦他自己就够烦的。”

张燕：“他能同意给补习，我已经很感激了。”

李楠：“好好过。你们俩多好啊，赶紧把婚一离，房子买了，想潇洒潇洒，想过日子过日子，人生多了一种选择。”

张燕：“他那天回来跟我说，他们班上又有早恋的了。”

李楠：“谁班上没有？他就爱操这个心。”

张燕：“他是爱操这种心。”

两个男的坐在一边，主动端起酒杯，张燕和李楠都没端，他们只好自己喝了。

白光又照过来，晃得大家直眨眼。

10

“好啊！太好了！我叫你爸回来给你们做鱼！”

仰赖医学昌明——张燕妈依然归功于某次她求得的偏方——张燕爸能下地走路了，能走路了就常出去了。听完两人要离婚的喜讯，张燕妈高兴得很。

张燕妈：“房子看好了吗？”

张燕：“钱还没攒够呢。”

张燕说完，又补一句。

张燕：“武老师接了补习的工作，我们也有点存款，估计首付今年能攒出来。”

张燕妈：“攒什么钱？钱不够跟你爸说，他死了钱还不是留给你？”

张燕：“我爸干啥去了？”

张燕妈：“这不腿脚好了，以前还是跟人在手机上聊，现在出去聊去了。”

张燕：“我爸哪有这本事？武老师，别等我爸了，你去做饭。”

张燕妈：“对，厨房有鱼……他天天抱着手机，净看那帮追光的又去哪了，听那些歌。我看他不光有这本事，找的还得是个年轻的。”

张燕：“就我爸那身体？”

张燕妈：“能有这身体还不是我找大师给他看好的。你赶紧把他钱要过来，买房，写上自己名字，你俩也赶紧分开过。大师说了，什么都不如活着。”

后半段张燕妈压低了声音说的。武文学从厨房出来。

武文学:“妈，厨房没鱼。”

张燕妈:“没有吗？我叫人送一条。”

武文学:“我叫吧。”

武文学用手机点了鱼，接着看文章——是一个 App 自己发的数据分析，统计闪电离婚的人里有多少闪电复婚了。

到走也没等着张燕爸，只是用手机发来了祝贺，说了很长几段语音，没人听完。武文学和张燕吃完鱼就走了，和小陈约了下午看房，说学区房永远稀缺，早看早定。

武文学一眼看到江景。

小陈:“怎么样？学区，还有这风景。”

张燕在几个房间出出进进。

张燕:“比咱们现在的房子好太多了。”

小陈:“付完首付，就能入住。二手房，能砍价。”

武文学:“我们一起住没人查吗？”

小陈:“谁还真管呀？再说了，离婚了就不能一起住吗？张燕姐父母不就离婚了一起住？”

张燕:“老墙哪儿都好，就是嘴碎。”

小陈:“是我嘴碎我嘴碎。”

张燕:“没事，以后我俩不也得这么过。”

武文学:“你妈不是说让咱们分开吗？”

张燕:“让你找鱼不好好找，找这种不痛快听。”

武文学：“也没太不痛快。”

张燕：“知道你没不痛快，我快不痛快了。”

张燕说着这样的话，也没有对峙的意思，脚下不停，继续挨个房间看。武文学停在江景前，江上船来船往，涂了各种颜色，还是压不住下午的日头。难得晴天，江上泛着白光，这时要是白光来，武文学也不知道会不会把两人就此带走。

“呀！”

张燕惊呼着走过来，给武文学看她手机。

张燕：“请柬哎，李楠和老墙的。”

武文学：“请咱俩还不直接打电话。”

张燕：“得了吧，好像你是挑这种理的人似的，不请你你才高兴。”

武文学：“什么时候办？”

张燕：“下周就办。这李楠，想错她了，真厉害，比我爸还有本事。”

武文学：“办婚礼，肯定耽误给那孩子补习。”

张燕：“跟老墙结了婚，估计学校的工作都得辞了。”

11

如张燕所料，看房第二天，武文学去老墙家补习时，李楠就没来。老墙也没在家，是小陈给武文学和那孩子开的门。

后来在老墙和李楠的婚礼上，分行行长领着孩子一起来了，显然没为这事伤了和气。

那天武文学给那孩子补课，例句里有“marry”这个词，武文学顽疾难改，顺嘴造了个句子，说我们的城市，已经很久没有人结婚了，下周也许我们会参加一场婚礼。

行长孩子：“李老师终于要结婚啦？”

武文学估计这个假期，这孩子数学难有进步，李楠倒是什么都说痛快了。

武文学：“嗯，李老师应该不会再给你上课了。”

行长孩子：“武老师，我是看您严肃，不然早想劝您别这么累了。我爸也没指望我学习提高多少，他就是有钱没处花。”

武文学：“我还是要把工作做了。”

行长孩子：“嗯嗯，我爸说啦，你们要攒钱买房，给小蕾妹妹留着。”

武文学又看向江景，不知该说什么。

行长孩子：“您跟张燕阿姨的事我都知道，很敬佩。你们这样，比我爸和我妈那样好。”

武文学看着她从盘子里拿了根香蕉，不吃，放手里玩。

行长孩子：“被白光照过，没走，还没离婚，还能一起生活，一起攒钱买房。我长大了也要像你们一样，不能跟那些人似的，那么幼稚。”

武文学：“什么样是幼稚呢？”

行长孩子：“就我同学那样呗，爱来爱去。武老师，我觉得您教会我的，比什么知识都重要。真心的，谢谢您，您是好老师。”

武文学没敢问，自己教会了她什么。在李楠婚礼上又看到她，远远点点头，武文学也怕她爸爸过来说些“感谢”“辛苦”之类的话，让他难受。

婚礼上还碰到了小本和派派，两人的管子不见了。

小本：“最新技术，可以去掉连接，你们看，一点疤都没有。”

小本和派派抬起手肘给两人展示，同时还牵着手，十分恩爱。

派派：“心与心连在一起，肉与肉也连在一起过了，下面我们的感情将进入全新阶段，恐怕是还没有人到过的阶段。”

小本：“通过毫无连接，连在一起。我们向二位学习，也离了婚，向白光证明，什么都不需要，我们还是会一起走。”

武文学：“我们还没离。”

派派：“这不重要，重要的是我们都是相爱的夫妻，希望墙哥跟李楠姐也能做到。”

老墙和李楠上了台。老墙事先苦苦恳求，李楠才同意不在婚礼上把他求婚的过程说出来。

李楠：“我要是不录下来，我自己都不信！”

几天前李楠给张燕和武文学讲了这段奇情，展示了视频。

李楠：“骗我说出差，专门飞到了国外，跟我视频。我刚做完瑜伽出来，头发粘一脸也赶紧接了，我那两天不是心虚嘛，以为人家跟我生气了走的。”

李楠说到这儿看张燕，张燕点点头。张燕和李楠带武文学去了那家半裸饭店，还叫了一个小伙子坐在武文学身边，说是为了让他明白这地方什么过分的都没有，武文学反对了半天也无效，李楠劝他：“就当是参加我单身派对。”

李楠：“西装革履的，大声喊：我爱你，我要娶你。吓我一跳，旁边人都看我，我赶紧关了。”

李楠边说边翻手机，旁边三个小伙子也在听。

李楠：“就赶紧整了下头发，找了没人的地方，等他再打过来，我就录下来了。”

李楠举起手机，穿着西装的老墙捧着花。

老墙：“我想娶你，李楠，可是我还是怕死。你跟我算过，白光是要两个人的爱加起来，和值到了就会被带走。我求婚的时候，对你的爱肯定是最大值，我估计你的值，也会比只想生孩子不想要我的时候高很多。我亏心事做得多，老天爷要整我肯定是现在整，肯定一下把我照走啊，所以我只能飞到河内，这么跟你求婚。以后我们一起过，但是不要太恩爱，还像咱们以前那个度就行，估计出不了大事。想恩爱了，我还得这样飞出来。”

李楠看着手机笑，笑完又哭了几声。张燕也哭了几声，挨着武文学的小伙子也哭了几声。

李楠“那天也是这样，哭哭笑笑。我当然答应了，答应了之后特别尴尬，这通话不知道怎么结束，说呀说呀，说个没完。老墙说，这么开心的事，怎么也得在激情中结束，非要教我用那种远程做爱的东西。”

说到这里，李楠又笑了。

李楠：“可方便了，半小时设备送上门，我都不知道怎么这么多人这么急。结果也没用成，送到了，他一个重要客户给他打电话，就断线了。”

李楠此刻和老墙站在台上，看表情，又要哭了。司仪念着祝福的话。

司仪：“白光在上，在白光的祝福和见证下，这对勇敢的新人不畏人言，不惧将来，不怕消逝，选择走入婚姻殿堂，让我们送上掌声。”

台下人各有各的情况，武文学和张燕鼓了掌，小本和派派使劲鼓了掌，行长的孩子没鼓掌。

台上老墙神色紧张，手里拿着挚爱公仔、分手伞等等工具，还特意搬了台自动离婚机放在身边，一直警惕地看着外面。之前就跟李楠商量过："真要是白光来，我为了让你不爱我可什么都做得出来，你也一定不要手下留情啊！"

倒是没人笑话老墙，今时今日，敢结婚已经强过了大部分人。司仪也是临时找的，办婚礼的少了，全职司仪都没了。

司仪："我们看到，在重重安全保护下，新郎依然吓得发抖，这说明了什么？说明他真诚，他勇敢，他的勇敢不单是敢于迎娶新娘，更在于他不怕暴露自己的懦弱。白光三年，我们扪心自问，有几人有新郎的勇气？！"

武文学："这人说话挺得罪人。"

张燕："得罪也得听着呀。"

小本："我倒觉得很直白，让我重新反思了和派派的关系。"

"我反对！"

就是那样的场面，一个男人跌跌撞撞冲进门来，要反对一门婚事。

武文学："秦山？"

众人还没顾上调动反应，左右忽然就冲出几个人，把秦山一拖，大门又关上了。整个过程不到十秒，在喝酒的估计都没看到秦山进来。武文学想，老墙这人还是想得周全。

司仪："好，既然没人反对，我正式宣布，你们结为夫妻。"

大家鼓掌，婚宴开始。武文学和张燕出门去找秦山，看到他坐在大门口，也没受什么伤，小陈带着两个人在旁边看着。

武文学示意要跟他说话，小陈让了让，两口子夹着秦山，也坐到地上。

武文学："你是从那边回来的，还是就没走？"

秦山:“去了那边哪有能回来的?对不住,这几年都没跟你联系。”

武文学:“没事,没走的三年不联系的也一大把。哦,你就没走。”

秦山:“又让你笑话了。其实昨天都跟李楠说好了,不瞎闹了,接受现实,结果今天还是没忍住,这让白光照过一回,感觉对脑子是有损伤。”

张燕:“你确实让照到了,还是就是趁机消失?”

秦山:“照到了,就在郊区,我跟我那个……情人,去摘樱桃,白光一照,她没了,我还在。”

张燕和武文学不说话。

秦山:“我当时就找她啊,害怕,李楠给我打电话我也不敢接。我跟她说的是我出差了,可当时全市拉警报,我就跑,堵车,脑子全乱了。回了和那个情人的家,她也没在。”

秦山的情人不知是跟谁配对被照走,秦山想查明白,查不出。自己又没走,就说明他既不爱情人,也不爱李楠;或者说,是不够爱;或者说,是两人都不爱他;再或者说……这就是三年来秦山想不通的问题。他一直住在那个家里,过了头几个月就想过回来找李楠了,不知道该怎么回来。

秦山:“不怕笑话,我还怀疑过李楠跟武老师有点什么,那几个月脑子坏了。”

武文学:“你这三年,把能想到的坏事,都想到了吧。”

秦山:“就是没想到老墙会跟她结婚,老墙哪是这种人啊。”

武文学:“你观察还挺细。”

秦山:“这就说明,人是看不透人的,只有白光能看透人,我就盼着白光再来一回……”

“你可盼点好的。”老墙拎着挚爱公仔和分手伞出现在三人身后,他的手下推着自助离婚机跟在后面。

老墙:“你昨天找李楠，李楠就跟我说了，我今天才紧张。秦老师，你说你来抢婚，你这爱值肯定特高，我一生气一嫉妒，也得高，这白光要一来，你说咱们仨咋走，走不了又该咋办？多尴尬。你都经历过一回了，就别整我了呗。”

秦山开始看到老墙还有点害怕，往后缩，听他说完，害怕又变成了惭愧。

秦山:“对不住，打扰了你喜事。”

老墙:“这两天我安排你们把离婚手续办了，要不我这违法。多谢你赶过来，我们结完你再活过来，我可麻烦。”

秦山:“别骂我了，对不住。武老师，以后我不可能见李楠了，还能见你不？”

老墙:“李楠也不可能见你了。我走了，你们兄弟叙旧。”

武文学看着这个三年都没联系过的、他最好的朋友，不知道有什么旧可叙。

武文学:“能见，咱俩又照不走，怕啥？”

12

婚礼少，好不容易办一次，就特别热闹。

按交情，武文学和张燕肯定要一直闹完洞房再走，但送走秦山，武文学就拉着张燕出来了。

上了车，张燕问武文学去哪儿。

武文学："咱俩要离婚的事还没跟我妈说，也没跟小蕾说。"

张燕："这不着急，小蕾那么聪明，一说就能懂。"

武文学："觉得秦山挺惨的。"

张燕："李楠也惨啊。"

武文学："没说李楠不惨。"

张燕："我看你也挺惨的，这回秦山连你的心也伤了。"

张燕从后视镜看武文学。

张燕："你说李楠爱秦山还是爱老墙？"

武文学没从后视镜看张燕。

武文学看着路。

武文学："希望白光知道。"

到了奶奶家，一开门，小蕾先说话。

小蕾："我也想跟姥姥姥爷出去玩！"

奶奶："你爸妈还让我劝你俩，你俩要不先劝劝他俩？"

张燕："去哪儿了啊？"

奶奶："你们是不是又不看群消息？"

武文学拿起手机，打开家庭群，两百多条未读消息里，有一个挺长的，张燕爸和张燕妈录的视频，背景是沙漠。

张燕爸："武老师，燕燕，亲家，小蕾，我俩已经到达了白光最后出现的地方，正式成为追光者，谁劝都没用了。"

张燕妈："燕燕，武老师，你们上次来说完离婚的事走后，你爸跟我说了很多，太肉麻的我就不说了……"

张燕爸："说！追光者还怕这个？咱们不就是为了说心里话，才来这儿吹风。三年前，没一起被照走，那是意外。这三年，我俩天天说我们没感情了，还劝你们离婚，爸爸心里都在流眼泪！我是怎么中的风？憋的啊。我爱你妈妈，你妈妈也爱我，从来都没改变，当年白光是看走眼了，我们要再给白光一次机会。”

张燕妈：“三年前没被照走，也只能说明是那一阵感情不够好，也许你们就是在车里等我俩等烦了，吵了几句，让白光误会了呢，谁能知道？不想离可千万别离，我和你爸这几年不好受。”

张燕爸：“燕燕，爸爸爱你妈妈，爱你，爱小蕾。当然，对武老师也有爱。我的意思是，别害怕，白光来了一起走。”

沙漠风大，张燕爸和张燕妈又是一人一句抢着说，很多话听不清。视频结尾，张燕爸又总结了自己的意思，发了文字，最后一句是：“爸爸妈妈祝福你们！”

张燕看完，眼圈微微发湿，发了条语音到群里。

张燕：“我们也祝福爸爸妈妈！”

回到车里，小蕾坐到了后排，跟着两人去闹洞房，李楠非要让孩子见识见识结婚是什么样的。

张燕看着窗外，偶尔微笑。

武文学问了小蕾那个古老的问题。

武文学：“小蕾，我和你妈要是真离婚了，你跟谁？”

小蕾：“我肯定跟奶奶呀。”

她还是不抬头，玩儿着游戏：“奶奶说了，让我别理你们，你俩离不了。”

车向着婚礼和某种未来开去，绿的，红的，紫的，黄的，各色灯光晃过武文学和张燕的脸。

前路上目前依然没有白光。

作者注：

有天我的朋友董润年找我，说想拍这么一部电影，开头是：“突然一阵白光，会把相爱的人都带走……”

我们聊得很兴奋，他希望我来做这个电影的编剧。他自己已经写了一个发生在白光刚刚照射后的故事，而我觉得如果从白光出现三年后开始写一个故事，会有另外一种意思。这里我把我心中的版本写了出来，他的版本也在推进，我依然尽力参与其中。书出版时，电影可能已经拍好了，对比着看应该也挺好玩儿。

再次感谢董润年允许我使用他的创意发展这个故事。

地理老师的恋人

by 熊德启

电视工作者，BBC嘉宾主持，汶川地震志愿者三中是省重点高中，历史悠久，据说可以强行追溯到唐朝。

出过院士，出过名士，战争年代也出过烈士，再早还出过道士。

状元年年有，保送也不稀奇，国际奥赛金牌多到数不清，就连老师办公室也分出了阶级高低——凡是高考重点或有奥赛项目的科组，都宽敞明亮，其余的，如音乐体育之流，只能混到犄角旮旯的处所。

地理组的办公室在二楼西侧，春末的西晒已让人有些闷热难耐，坐在窗边的老师额上渗出了几滴汗水。

他是地理组的副组长，有件事情他从几天前就开始纠结，直到此刻还在犹豫：我去不去?

“沈老师，你怎么还不走？”一个声音在走廊里远远地叫他，像是有人看穿了他的心事。

“张老师你先去吧！我手头还有点事情！”这个姓沈的老师不耐烦地应了一声。

“嘿！你可真奇怪，你自己的学生回来，就你不积极！”

张老师的声音消失在门外，一双皮鞋踩着某种节奏下楼离去。大概是这节奏与心跳产生了共振，姓沈的老师感到一阵胸闷，一滴汗水顺着皱纹从眉间滑下。

学校的体育馆是去年刚翻修过的，和教师办公楼之间只隔着一块草坪。体育馆平日里空旷，这天却整齐地排满了小椅子，十来分钟的时间里就喧闹起来，坐满了人。

少男少女们布局规整地坐着，男生悄悄问身边的女生：许鸽是谁？

他们面前是个临时搭建起来的台子，台子顶上拉着一块横幅，印刷精美的粗体字写着：欢迎校友许鸽博士回母校演讲。

被问到的女生也不太清楚。许鸽好像是一个师姐，十几年前就毕业了，后来出国深造，也不知学了些什么，总之，成了个科学家。

男生一听，都出国当科学家了，还回三中干吗？难道放不下校门口的刀削面吗？

女生被男生逗得笑了起来，男生见势便要约她晚饭一起去吃这刀削面。谁知话还没出口，体育馆里突然响起一片掌声。

一个女人缓步上台，笑着挥手，站定后向台下深鞠了一躬。

台上这个女人个子不高，衣着简单朴素，甚至连台下的高中女生也与她撞衫。皮肤不算白，妆容也未见得精致，可一张笑脸就这么自然地抓住了每一个人的目光，让人无法抽离。运动鞋与牛仔裤的裤梢之间露出一点赤裸的脚踝，衬衫卷起的袖口轻轻晃荡着，散发出一种不属于这里的气息，每一丝气息都自信而温存。

男生看傻了眼，忽然忘记了原本要说些什么。

她就像一个……像一个真正的女人。

“大家好！我叫许鸽，2003 年从三中毕业。这是我毕业以后第一次回到母校，见到你们真的让我好开心。”

停顿了一下，她提高了嗓门。

“走遍天涯海角，依然心系三中！”

这是三中的一句口号，设计的初衷本就是为了维持校友对学校的感情。此刻喊出来，台上的演讲者情绪有些激动，眼眶泛红。台下学生们的身体里也有某种单纯的骄傲被点燃了，心里都呐喊着“我以后也要像她一样”，虽然他们直到现在都不知道这个许鸽到底是何许人也。

沈老师当然早就认识许鸽，许鸽是他的学生。

据许鸽的同桌回忆，沈老师第一天来上课的时候穿了一件米白色的衬衫。

三中的老师们大都老气横秋，而这位沈姓老师当年不过 28 岁。虽然与那时红火的“鲜肉”们——如 H.O.T 的安七炫之流比起来仍然逊色不少，但作为三中的老师来说，已算得上风度翩翩。

同桌在作业本的背面写下“有点帅”，用手肘轻轻推给了许鸽。

许鸽看了，悄悄斜了同桌一眼，抿嘴笑着点了点头。

“大家好，不出意外的话，我将是你们未来三年的地理老师。我叫沈培，土字旁的培，因为是土字旁，所以我教地理。”

这段开场白沈培已经不是第一次说，台下响起些许笑声，是他意料之中的局面。

在中国的高中，地理是一门有些尴尬的学科——毫无“文气”可言，却又在文理分科中被莫名其妙地归为了文科，高考也与政治和历史一起划在了“文科综合”的范畴里。郦道元与徐霞客若是泉下有知，想来也只有苦笑。

对此，沈培也是很有意见的，他是个真心热爱地理的人，却被分去教那些以后要舞文弄墨的文科生，总觉得知音难寻，每堂课都像是一场门不当户不对的约会。

而纵然心里有些不忿，沈培还是竭尽全力去激发每一个学生对地理的喜爱，他认为这才是老师的职责所在。沈培希望有人真的对地理感兴趣，而不是仅仅对地理成绩感兴趣。

可惜他很少成功过——他的学生在高考志愿里所填写的与地理最接近的一个专业是石油工程，想来也不是因为对地理感兴趣的缘故。

说完开场白，沈培在黑板上贴了一张很大的图片，图片里是一块石头。

那石头看起来没什么特别，大约与一辆轿车的大小相当，横置在一片草坪上。

“这块石头的所在地是美国纽约的中央公园，你们没人去过吧？”

沈培像个说书先生，一本正经，虽然他自己也没去过。

“那里每天有成千上万的人经过，如果是你，你会注意到它吗？”

没人接话。

“但如果我告诉你，针对这块石头的标本研究显示，它竟然来自八百公里之外的加拿大安大略省，你会不会对它产生兴趣呢？”

沈培问完问题，故意停顿了一下。在他的预想里，如此出人意料的故事，至少该有那么一两声“会”，算是给他“捧哏”。谁知同学们虽然都认真地看着他，教室里却鸦雀无声，他只好尴尬地继续。

“我知道你们都是文科生，以后可能很少会面对这样的问题。可是你们难道就不好奇吗？是什么，是怎样的力量，把它从加拿大带到了美国？”

这次他学了乖，也不等有人回答便又慷慨激昂地说：“地理，可以告诉你们答案。”

依然没人接话。

台下冷淡的反应给沈培浇了一盆冷水，只好放下这些在他看来“有趣的课外知识”，老老实实地讲起地理对高考有多重要。

沈培在心里暗想，这届学生可真没意思。

许鸽在学生时代就是个“没意思的人”，不爱说话，身材瘦小，长相不出众，也没什么特长。成绩虽然还不错，但在三中这样竞争激烈的学校，从未进入过尖子生的行列。

要不是她主动去找沈培，沈培或许很难对她有什么特别的印象。

“沈老师。”

第一堂课结束，许鸽在走廊里叫住了沈培。声音很小，走廊很吵，沈培差点就没听见。

“什么事？”

“刚刚你讲的那个石头，是怎么从加拿大跑到美国去的呢？”

沈培看着眼前这个还不够自己肩膀高的女生，又好气又好笑。笑的是终于还是有学生对自己这个精心准备的故事感兴趣，气的是她在课堂提问时竟然悄无声息，害得自己白白尴尬了一场。

好歹也是有人问了，沈培强打起精神向她解释。

原来，这块石头从加拿大到美国的迁徙，是在两百万年前完成的。那时处于旧石器时代的人类先祖们还不会用火，正竭尽全力地挨过席卷地球的冰河时代。北美大陆的大部分地区都终年降雪，北极圈的冰盖不断扩大，在向南延伸的过程中和不断降下的积雪一起形成了巨型的冰川，最终吞噬了北美大陆接近三分之二的面积。

体积庞大的冰川在缓慢移动的过程中将一些地表的巨石也一起裹挟带走，直到冰河时代结束，冰雪消融，其中的一块石头才终于停在了命运指定的终点，再也没有移动过。两百万年后，那里成了现代人类文明最耀眼的城邦之一，美国纽约曼哈顿。

这样的迁徙是一个极其漫长的过程，远远超出了人类生命的界限，所以地理学家们也只能得出些近似于事实的猜想，因为谁也无法见证。

“你知道那时的冰川有多高吗？有八座帝国大厦那么高！”沈培讲得兴起，手舞足蹈地比画着。

“那帝国大厦有多高啊？”许鸽听得入神，问道。

这可问住了沈培，他的故事也是从书上看来的，他只知道八座帝国大厦加起来的高度一定很高，却从未深究过，那帝国大厦到底有多高呢？

大概是讲了太久，上课铃响了，算是拯救了沈培又一次的尴尬。

“你叫什么？”沈培临走时问。

“许鸽，鸽子的鸽。”

“你去查查，帝国大厦到底有多高，下次上课告诉我。”

回办公室的路上，沈培想，自己还是治学不够严谨，下次讲这个故事可得先查查那冰川的具体高度，否则又要尴尬了。

随即又想，这届学生也不是那么没意思。

沈培后来又把关于石头的故事在课堂上讲了一遍，并有意点名让许鸽起来回答帝国大厦到底有多高。

许鸽当然是答出来了：381 米。沈培借势宣布：这位许鸽同学很好，她就是地理课代表。

台下的学生们感到莫名其妙，答出个帝国大厦的高度就当了地理课代表，实在是没什么道理。好在地理课代表也不是什么让人眼红的角色，当了就当了吧。

甚至连许鸽自己也想不通，原本也只是因为好奇去问了问那块石头的故事，怎么忽然就变成了地理课代表呢？

但她是个本分的学生，她告诉自己：我既然当了，就要把地理学好。

其实沈培也不知道自己为什么要选许鸽，一度以为是某种命定的缘分。但多年后细细想来，当时全班六十多个人里，他也就记得许鸽一个人的名字。

在其他老师眼里，这个年轻的沈老师是有些“不务正业”的。当别的班都在讲大气循环的考点时，他沈培却偏偏要搞一张冰岛的地图，和学生从冰岛的火山温泉聊到大西洋洋中脊的形成。这些远离课本千里之外的知识甚至连很多老师都不知道，他们一方面瞧不起沈培，一方面又偶尔趁他不在时偷瞄一眼他桌上的备课方案，悄悄地学来一些课外知识，以备不时之需。

也不知道为什么，课外知识总是比课内知识有趣太多。到高二，这个年轻的地理老师已经成了许鸽班上最受欢迎的老师。他还被起了个“沈帅”的外号，在老师界，这已算得上至高荣誉。

对于“沈帅”，其他老师也是很眼红的，但外号这种事情毕竟很难像作业一样布置下去，想必连沈培自己也决不会说出“从今天起你们就叫我沈帅吧”这样的话。

当然，也正因为如此，才弥足珍贵。

最常到地理办公室来找沈培的人是他的学生，一个不太起眼的女孩子，地理课代表。

说来也怪，沈培一共教三个班，其余两个班的课代表都很少见到，偶尔出现也是送完收来的作业便赶紧离去。只有这个叫许鸽的，每次来都要缠着沈培问东问西，沈培每次也都耐心地解答，答不出来的地方还会自己加班查资料。

老师们调侃他鞠躬尽瘁，他总是笑着说：我家又不在这里，你们每天回家抱娃娃，我一个打单的，反正也没事干。

直到有一天，地理组的老组长在学校食堂里又看见沈培与许鸽坐在一起，看样子还在热火朝天地讨论着也不知是尼斯湖的形成还是阿尔卑斯山脉冰川的故事。

老组长好像终于意识到了什么，晚些时候，他在办公室里找到沈培。

“沈老师，你也算年轻有为，热心肠，长得也精神，人家都叫你‘沈帅’。”

沈培一惊，不知道老组长这话是什么用意。

“我了解你，你干什么都是为了学生。不过啊，你是成年人了，你有你的原则，但是学生还小，还是很容易被影响的。”

说罢，他拍了拍沈培的肩，又说：“凡事都有个度，有时候你以为你在对一个人好，却反而是害了这个人。”

这一席话说得玄妙，又像是什么都没说，是个老领导该有的样子。

沈培果然没听懂，又不敢再问，只好先点头哈腰地跟老组长保证认真工作。

“他这是什么意思？”老组长走后，沈培悄悄问身边的同事。

“什么意思？你还没听出来啊？”同事睁大眼睛看着他。

“就你那个课代表啊！经常来找你那个！哼哼！”

这一声“哼哼”才让沈培恍然大悟，明白了老组长的所指。

许鸽？不会吧。

“我是文科生，当年高考的时候文综占了三百分，其中有地理的一百分，我考了九十七。”

许鸽站在台上，缓缓地说。

“这九十七分重要吗？当然重要。可是对你们中的大部分人来说，地理也就是这样了，只是一个重要的分数，一个重要的数字。

“我曾经也和你们一样，可是现在，它已经成了我生活里最重要的一部分，是我所热爱的科学，也是我的事业。

“初中也有地理课，每个学校都有地理课。但只有在这里，在三中，我第一次真正感受到了地理的乐趣，因为这里有最优秀的老师，是他们让我走进了地理的世界，让我决心在未来去和全世界最优秀的地理学家们交流与共事。

“今天，我所参与的研究成果能获得瓦特林 · 路德国际地理学奖的提名，是我自己在这条路上努力向前的结果。但我要说的是，我之所以选择回到三中来演讲，是因为这条路的起点就在这里，在三中！”

这一席话，层层递进，字字有力，句句得体。

像是预先演练过一般，台下爆发出经久不衰的掌声。其实鼓掌的学生们大概也从未听说过瓦特林 · 路德奖这个被誉为地理学诺贝尔奖的陌生名称，但那并不重要，重要的是最后一句——她说了，起点在这里，而如今我也在这里，我很可能就要像她一样有出息了，如何能不鼓掌？

掌声过去，许鸽又说："借着今天这个机会，我也想谢谢我的地理老师沈培，是因为你，我才走上了这条路。"

又响起一些稀落的掌声和叫好声，隐约听到有几个人在喊"光叔！光叔"，都是沈培如今的学生。

多年前，沈培的一头秀发开始逐渐凋零，发际线飞速上移，头顶也进入了"冰河时代"。他不是没有抗争过，但"想得却不可得，你奈人生何"，后来索性全都剃掉，只剩个油亮光滑的顶门。"沈帅"这个称号跟着头发一起退役，随着年龄渐长，也不知从什么时候开始，学生们开始叫他"光叔"。

他还总被调侃，不该教地理，该去教物理，因为是他发明了灯泡。

当然，许鸽并不知道这些。

"沈老师，你在吗？"

问出这句话时，许鸽的声音里带着一种微妙的情绪，这种情绪进入麦克风化作电流，再从不远处的音箱里送出，或许是在这瞬时间一收一放的过程中被消解掉了，谁也没听出来。

许鸽从上台起就一直向台下扫视，但并没有看到沈培。这时她忽然想，会不会他来了，自己却不再能认出他来？

他是不是老了？

"沈老师，你在吗？"

许鸽又问了一次，无人应答。

沈老师没有来。

许鸽的问话，在体育馆密闭的空间里回响了 1.5 秒。

44 岁的沈培站在体育馆角落门外的走廊上已经有 10 分钟，心慌意乱，丝毫没有中年人该有的沉稳。他试图在这 1.5 秒里鼓起勇气推门进去，身体里却有两股力量在交战，一时间难分胜负，只能呆立原地。

“沈老师，你在吗？”那声音又一次在门的另一边响起来。

战争有了结果，也不知是哪一方败下阵来，沈培转身离去。

他忽然很想抽支烟，但学校里是明令禁止教师与学生在任何场所抽烟的，他悄悄绕到体育馆背后与学校围墙的夹角处，像个贼一样，点了一支烟。

他又想起来，许鸽并不知道他早已抽上了烟，这一根烟拿在手上，一时间也不知道该不该再吸一口。

“她今年还不到 30 岁吧。”

“不对，我都 44 岁了，她今年 31 岁了。”

“也不知道她结婚了没有。”

从高二的某一天起，许鸽发现沈老师开始有意地冷落自己。

送完了作业也不再寒暄，问他什么似乎也无心回答，总是说自己还有事。有什么事呢?

她当然不知道这是因为沈老师的领导告诉沈老师，让他注意与自己的关系。17 岁的女孩，无论多么平凡，总是感情最敏感也最丰沛的时候。许鸽觉得自己受了一种说不出口的委屈，不断问自己：是不是我哪里做得不好？作业没收齐？或是说了什么得罪他的话？

一定要说的话，许鸽作为课代表的工作其实完成得非常出色，在每一个老师面前也都保持着应有的礼貌，“坏事情”一律都没做过，实在找不出什么苛责的理由。

起初，许鸽去找沈培完全是因为莫名其妙地当上了地理课代表，她认为课代表就该有个课代表的样子，把地理学好，是自己的责任。

而沈培又恰恰是个“不务正业”的老师，讲什么都喜欢穿插一些花边知识，而这些花边知识远比课本有趣太多，太精彩，太有魅力。一来二去，许鸽倒是真的喜欢上了地理这门学科。

一次上课有人起哄，问沈老师：“沈帅！你这么帅咋还不结婚哦？”

沈培笑着说：“我不用结婚，地理就是我的情人。”

许鸽抿嘴笑了起来，她懂这种感觉——每次沈老师给她讲故事，眼里都是灿烂的光芒。

可就是这个沈老师，突然便不理她了。

少女的心性里生出一股倔强来，越是被冷落便越是想着法子地去找他，而越是去找他，又越是感到他对自己的冷落。

许鸽很难过，却又一直难过不出什么滋味，学生与老师之间的疏离，课代表和任课老师之间的嫌隙，似乎都不在点上。

她和一起住校的几个室友说起来，还被笑话说她想太多，没事找事。于是她索性也不说了，只是望着天花板，默默思量着少女难测的心事。

一次下晚自习回宿舍的途中,许鸽看见了一轮满月。那满月挂在天边,无论形状还是光亮都显得完美。她想起来沈老师曾经讲过一个故事,说月亮本是地球的一部分,在一次和小行星的擦撞中飞离地球,地球从此被撞出一个大坑,也因此有了海洋,而飞离地球的那部分在万有引力的作用下不断吸纳其他更小的石块,亿万年后,才有了月亮。

这是沈老师什么时候讲的呢?她记不起来了。是在课堂上?是在办公室?还是在食堂?

她只记得沈老师讲到最后露出的笑容:"待考证哦!嘿嘿!待考证!"

那种笑容——憨憨的,很平常。但在许鸽记忆的海洋里,却又只属于沈老师一个人。

念及此,许鸽的心里骤然涌起一阵说不出来的感受,好像终于触及了自己心事里最真实的部分。她的难过实在是超越了学生和老师的关系,也超越了课代表和任课老师的关系。她觉得自己就像是那月亮,那么圆那么亮,却不知做错了什么,被地球抛弃了。

许鸽终于明白了,并不是因为沈培是她的老师,也不是因为自己是他的课代表,而只是因为他是沈培,仅此而已。

不过是一个女孩子喜欢上了一个男孩子,有了得失之间的愁绪。这或许是天底下最简单的烦恼,却自古无人可解。

一轮圆月照在教师宿舍的窗畔,沈培刚刚批改完作业,给自己煮了一碗面。

吃着吃着忽然停住了筷子,悬在半空,停了好一会,忽然打出一个喷嚏。

"嘿，这是谁在想我？"他自顾自笑着。

他这天特别累，大脑已经很疲倦，可就在这个时候，他想起了许鸽。

"是不是许鸽在想我？"

冷落许鸽，他原本毫不在意，无非是领导的要求、工作的需要。但此刻许鸽在他脑海里的闪现让他感到慌乱和恐惧，因为他所想的那个人并不是自己的学生，也不是自己的课代表，而是一个女人。他只是单纯地想着，自己好久没和许鸽说话了，在这个疲累不堪的晚上，要是能和她说说话，聊聊天，还挺好的。

就像杨过忽然意识到自己是爱小龙女的，这种爱的意识一旦倾泻而出，人力是无法控制的。

那天晚上沈培和许鸽各自睡了一场难以描述的觉，一方面很害怕，对未来充满了恐惧；一方面很甜蜜，感到安稳。

心理学家会告诉这两个坠入爱河的人，情感是无法被掩饰的，哪怕什么都不说，什么都不做，一个人一旦爱上另一个人，从此在这个人面前便有了不同的气味。就像狗能嗅出一个人对它是喜是恶，人体也会通过这种微小的气味感知出对方对自己的情感。

谁也不知道这种情感是从什么时候开始的，或许是哪天讲题的时候坐得近了一些，或许是某次回头正好看对了眼。

原因并不重要，只要再见一次面，他们就都会知道了。

第二天，许鸽抱着一摞作业到办公室，低着头，低声叫道："沈老师。"

沈培抬起头看着她，说：“嗯，放着吧。”

许鸽正要走，沈培忽然叫住她：“许鸽。”

许鸽回头，沈培又似乎并没有什么话要说，愣了半晌问她：“今天星期几啊？”

在一个交错之间，或许因为眼神中多了些什么，或许因为声音中细小的颤抖，又或许因为谁微微跳动的眉毛，哪怕几个字的交流也让这两个人清楚地意识到：原来你也是的。

17 岁的女学生和 30 岁的男老师，从此开始有意无意地走在一起。在学校食堂总是拘谨，便约到了离学校很远的小餐馆；晚上在大路上散步容易被看见，便选择黑灯瞎火的菜市场。就算看电影，也选在坐车三五站才能到达的地点，两只手偶尔碰在一起，像经过漫长岁月终于相撞的大陆板块，再也分不开了。

其实在这所学校里，很多男生女生也在做着相同的事情，在四下无人时悄悄地甜蜜相聚着。沈培和许鸽，与他们并没有什么不同。

终于在一个周末，许鸽向宿舍请假说要回家，却并没有告诉家里，又在夜深人静时溜回了教师宿舍。

坐在床边，许鸽对沈培说：“我们要好好在一起。”

沈培比许鸽大 13 岁，对于这段关系，在理性层面上很多事情都是明白的。但在那一刻，纵然深知千难万险，他也强迫自己用一种男人的感性去接受这段前途难料的感情。不是因为温香软玉的佳人在侧，也不是为了所谓的责任，而是因为他真的爱上了眼前这个勇敢单纯的女孩。

沈培紧紧握了握她的手，在心里下定决心，绝不能辜负了她。

“三中有我最美好的回忆。”隔着体育馆的后墙，沈培听见许鸽说。

在那之前许鸽还说了很多，沈培却一句也没听清，他只是一根根地抽着烟，默默回忆着和许鸽在一起的日子。

沈培的邻居是语文组的李老师，楼上住着教务处长，楼下住着地理组的同事。

直到高考前，只要许鸽来找他，便一定要像个特务一样东躲西藏，甚至连笑也不尽兴，怕太大声了被人听见。而在恋爱中，这也成了一种苟且的乐趣。

十几年过去，那些回忆依然鲜活。作为男人，那是旧爱身上鲜活的甜蜜；作为老师，却是永不褪色的羞愧和耻辱。

想着想着，沈培轻轻哼起了一首歌。

我恨我不能交给爱人的生命，我恨我不能带来幸福的旋律。

我只能给你一间小小的阁楼，

一扇朝北的窗，让你望见星斗。

这是他自己在学生时代最喜爱的歌，叫《流浪歌手的情人》。

从高考结束的那一天起，沈培和许鸽正式结束了老师与学生的关系，不过是一对年纪相差有些大的情侣。

也是从那一刻起，沈培开始感觉到无助，因为他们不再是“特殊”的，也要开始面对世间所有情侣的无奈与烦恼。

他不再是“师生恋”里的那个“师”，而是个男人了。

许鸽的高考志愿是她自己选的，在北方一座遥远的城市，那里有中国最好的地理专业，而且是一所师范学校。

沈培当年也是想考这所学校的，却因为对自己的成绩没有信心而选择了别处。

说来也是有些讽刺，在中国地理专业最好的五所学校里，竟有三所都是培养老师的师范学校。

沈培听到这个决定，五味杂陈。

他完全知道许鸽的用意，“全国最好的地理专业”并不能掩饰这是一所师范学校的事实。他终于想起老组长对他说的话，他担心自己真的改变了许鸽的人生——即便是在三中这样的名校，地理老师也并不是什么理想的工作，他深知这一点。

如果沈培对自己有绝对的信心，相信自己能撑起一片天，能让许鸽过上“她想要的生活”——虽然他也不知道那是什么，那么他或许可以告诉许鸽：如果你留在我身边，我什么都可以给你；如果你选择远走，我哪里都可以去。

然而他并没有信心，他只有决心。可是有决心又真的能做什么呢？除了当一个地理老师，他什么都不会。

许鸽对沈培说：“你说你的名字里有个土字旁，所以教地理，那我的名字是鸽子，所以我就算飞走了，也一定会回来的。”

是的，她确实又回来了，只是她早已经飞了好远好远，已经相隔了十几年。

每到毕业季，总有无数相爱的少男少女各自天涯，异地恋的艰难对谁都一样，无论你是学生还是老师。

到了大二，沈培和许鸽的感情已经摇摇欲坠。吞吞吐吐了几个月，许鸽终于通知沈培，自己打算出国。

她在大学里展示出了超出常人的宽广知识面和卓越的学习能力，因此被来学校访问的美国教授相中，邀请她毕业后去美国进入自己的实验室，全额奖学金，硕博连读。

沈培在电话的另一边听得瞠目结舌——这才是改变人生的机会，没人能拒绝。他终于发现自己曾经的种种担心不过是一厢情愿罢了，而面对如今的许鸽，面对自己这个将要高飞远走的女友，高中地理老师沈培连一句反驳的话也说不出来。

沉默了很久，他才生硬地笑了起来，说:“嘿嘿，当然了，你这么优秀！”

还有一句话他咽回了肚子里，他很想说：对啊，是我教得好啊！

关于他们未来的关系会受到怎样的影响，许鸽闭口不谈。沈培也默契地不去提起，能怎么提呢？

顺理成章地，许鸽终于提出了分手，沈培没有一点反抗，坦然接受。

对于沈培来说，将要阻隔在他们之间的并不是两个国家的国境线，也不是时差和语言，而是无尽的山脉、岛屿、海洋。北太平洋的洋流按照顺时针方向流转，即便在同一纬度，美国西海岸的海水来自冰冷的北极，而中国东海岸的海水却来自温暖的赤道。那片海洋里藏着全世界最深最黑暗的海沟，跨过去，有落基山脉，有帝国大厦，有中央公园，有他沈培讲了一辈子的故事，却也有他一生都触碰不到的生活。

许鸽要去的，是另一个世界。

人生就是如此现实，明明是同样的一段爱情，对如今的大地理学家许鸽来说，不过是人生的注脚；而对当了一辈子老师的沈培来说，却是永远也抹不去的烙痕。

老组长其实说错了，到头来谁也没有害了谁，只是像那句老话所说的，两条直线相交，彼此挥了挥手，各奔前程。

前程有好有坏，直线却永不回头。

躲在体育馆和围墙之间的角落里，沈培听完了许鸽的整场演讲，再也没有听到自己的名字。当全场掌声再一次响起时，一地的烟头昭示着这个男人此刻复杂的心情。

自从许鸽在大一的暑假回乡后，沈培再也没见过她。如今听起来，当年那个羞怯平凡的地理课代表已经破茧成蝶，落落大方，有定力，有梦想。

许鸽入学是在16年前，那时的沈培还是个风华正茂的青年人。16年过去，头发稀疏了，皱纹却深刻在眉间；腰围粗了，精神却不复从前。沈培在这所学校从新人变成了老人，从“沈帅”变成了“光叔”，虽说也升了官——地理组的副组长，但这和瓦特林 · 路德国际地理学奖比起来，实在是微小到了尘埃里。

16年，杨过和小龙女相约的年数，但沈培却觉得自己反而是那个被困在绝情谷底不问世事的小龙女，许鸽才是那个在大千世界里行侠仗义的神雕大侠。

就算见了面，该说些什么呢？是说自己结了婚生了孩子却还是因为买不起房子而住在教师宿舍，还是说自己千辛万苦终于混上了副组长？

他没有任何理由去责怪当初向他提出分手的许鸽，那个决定出国留学不再回头的许鸽，也没有什么资格像断肠崖边的杨过一样喊出“你怎么不守信约”。他早该知道的，是自己教得太好了，他在许鸽人生里留下的痕迹并不是他自己，而是地理。

作为一个老师，沈培为许鸽的成就感到无比的高兴、骄傲和自豪，他是那么地想要走进这座体育馆，去看看自己曾经的学生如今是何等风光，再拍手叫好。

可是，作为一个男人，他无颜再面对这个女人。

沈培知道，这次一走，许鸽可能再也不会回来了。

就像两百万年前那块被冰川卷走的石头，像四亿五千万年前被地壳运动从美洲推向苏格兰的尼斯湖北岸，像数十亿年前飞离地球的月亮。

像那些亘古常有的诀别。

再也不会回来了。

他抬脚离开了体育馆，散会的人群从门里涌出。他加快了脚步，生怕自己的光头太耀眼，被一个女人追赶上来，再轻轻地叫他一声："沈老师，是你吗？"

Playground

情感是无法被掩饰的，
哪怕什么都不说，
什么都不做，
一个人一旦爱上另一个人，
从此在这个人面前
便有了不同的气味。

世界第一等恋人

by 杜梨

西班牙 Can Serrat 艺术中心的小松鼠艺术家

致我们所钟意的黄油小饼干

1

“Sorry, I prefer Asian boys, especially Chinese boy.”（抱歉，我还是更喜欢亚洲男孩，尤其是中国的。）

姚鹞站在柜台前，面容粉白，还是16岁的脸，嘴唇微微地噘着，涂了樱花粉，一身咖啡色的苏格兰粗花呢大衣，里面是小圆领衬衫和墨绿的丝绒百褶裙，光腿穿假毛皮靴。就在刚刚，她婉拒了一些店员推荐的销量极高的欧美仿生人。她一边打量着高清玻璃柜里的男孩儿种子和拟态生长视频，一边喝着人造牛奶拿铁，和部分亚洲人一样，她有些乳糖不耐，而人造牛奶没有乳糖又环保。

店员是一个褐色头发的白人女孩儿，涂着浓重的眼线和睫毛膏，眼睛绿得很妖，薄荷色的荧光服上挂着莱斯特基因公司的名牌：Rachel Mirror。听到姚鹞的选择后，Rachel颔首微笑，鲜红的唇纹被扯开，“Alright, yes, you may have your own choice. Shall we start from the facial options first? ”（好吧，行，你可以自选。从面部设置开始吧？）

说着，她就在液晶板上调出东亚人脸库，让姚鹞选择喜好的仿生人脸部特征。Rachel感到有些不解，莱斯特基因公司是全球最顶级的仿生人定制工厂，一般不惜重金来到这里的中国人，都是为了图新鲜买非东亚人种，很少有人明确要求买本国仿生人。而且，Rachel在审核姚鹞的资料时候发现，眼前的这个中国女人三十多了，大概做了身体细胞重塑吧，因此还是少女的模样。这也难怪，亚洲男人一向很喜欢年轻女孩。

姚鹞选了一会儿，摇了摇头，把拿铁放在一边，挽起袖子，打开智能腕机，从里面调出一张老照片给对方看。那是一张年轻男孩的证件照，细长的眼和清瘦的脸，头发蓬松，典型的中国人。她说她希望按照这个来量身定做，钱不是问题。Rachel正色解释道，这张照片还是二维摄影时代的平面产物，不像近些年出的三维摄影那般可以测绘，所以做出来的仿生人会有些偏差，便问她有没有这位先生的三维立体人像。

中国女人的黑眼睛里霎时有了阴云，他没能活到那时候。

“Oh, I'm sorry to hear that, lady, are you alright?”（很抱歉，女士您没事吧？） Rachel一边道歉一边向她说明，她们会反复地去做模型测算，尽量把误差做到最小，和照片上的人无异。

“I'm fine, really, just want to start again.”（我真的没事，只是想重新开始。）姚鹞笑笑，“With him.”（和他一起。）

她心里松了一口气。麦锦明当然没死，只是不能拉他过来做人脸测绘，一是麦锦明现在比照片老，二是姚鹞和麦锦明早已离婚了。这么说只是为了减少麻烦。

2

莱斯特基因公司的高定仿生人，除了生理特质上要符合顾客的要求，相关的记忆也会根据顾客提供的数据做影像信号转化，输入到仿生人的拟态大脑中进行意识衍生，这都不难。唯一麻烦的是，工厂必须培养出仿生人对于各种事物的真实感知能力和微妙的情感反馈，比如雨后的空气所带来的愉悦，或是秋刀鱼入口时的鲜嫩感，这对于仿生人的性格养成和日后的社会互动至关重要。

过去的半年中，莱斯特基因公司每天自动向她推送Mai的拟态成长视频，下班做完运动后，她就瘫在麻布沙发上，打开三维巨幕投影，看着他在房间里沙沙地走来走去。按照姚鹞提供的食品目录和活动清单，Mai每天都要吃中餐记忆果冻，喝各种粒子饮料，还要学会烹饪，练习琵琶，一周踢两次球等。除此之外，工作人员还要反复对他进行人格安全测试。

一个夏末的周五，姚鹞坐着氢燃料胶囊飞艇空降伦敦，准备办手续带走她定制的仿生人Mai。虽然有了长时间的影像曝光，但真正见到Mai的时候，她还是吓了一跳。他穿着工厂的白色制服，站在仿生人的胶囊宿舍门旁，对她张开双臂，一如十几年前："我亲爱的黄油小饼干，等你好久啦。"把麦锦明惯用的拖腔和咬字重音都模仿得别无二致。

她脑中一片空白，机械地去碰触Mai果冻样的脸颊。他轻轻地握住了她的手，惊悸的微电流从她指尖传来，激起了莫名的狂喜和委屈，她咧了咧嘴，想笑，结果小声地哭了出来。店员Rachel对这种情形已习以为常，她们很乐于看见这样的场景。

“Want to sit down? ”（坐会儿吧？）她一边轻声安慰着姚鹞，一边叫小服务机器人递上吸泪纸巾。Mai接过纸巾给她擦眼泪：“别哭了傻瓜，为了等你接我回家，我特意给你做了小熊巧克力。”说着他从兜里掏出一板连环小熊巧克力，掰下一只塞到她嘴里，随即在她的脸颊上飞速地亲了一口，唇瓣柔蜜，仿真的体温。巧克力微微发苦，小熊耳朵光滑圆润。

3

就这样，姚鹞带着Mai飞回了她在辋川的别墅，一路上Mai都很安静，他的头发在光下显得朝气蓬勃。她侧过头端详他的脸，按照她的要求，他的眼睛变得更大了，鼻梁也做高了，眼边的那颗痣还在，甚至还有淡淡的笑纹。摩挲他手的时候，她还惊喜地发现他的左手指尖上有茧子，这是练琵琶所致。没枉费心机，她这样想着，满意地笑出声，把头靠在他的肩膀上，在飞艇的竖琴声里，沉沉睡去。

到家后，机器人五花已经做好了午餐。五花把饭端出来的时候看见了Mai，有两秒钟，它直直地盯着他，屏幕闪烁不定，之后恢复了平静。

五花是姚鹞当初结婚时，攒了半年的钱为麦锦明买的厨卫机器人，因为麦锦明不会做饭，所以它的主人印记被设定成麦锦明，姚鹞不在家的时候，麦锦明可以更方便地料理自己的生活。和麦锦明离婚后，为了报复，她把五花从家里带了出来。

吃到一半，Mai突然说：“小鸽子，我这次去英国留学回来，学会做很好吃的胡萝卜蛋糕了，要不要一会儿做给你吃？”

几个小时的飞行让姚鹞感到疲惫，她已不再有少女时的活力和胃口，注射雌激素和身体细胞重塑固然能让面容和身材维持不走样，但一块巧克力仍然能让她提心吊胆好久。

“不了，亲爱的，我现在吃不了这么高热的东西。”

“那我给你做小黄油饼干吧！”

她放下筷子，懒散地摇摇头。

“可我在莱斯特的时候，你天天跟我说，只有黄油小饼干才能配得上伯爵红茶，它们在一起才不浪费午后，肉桂饼什么的都是英格兰的妖术。”

她烦躁起来，可是一看见他那张年轻温柔的脸，又泄了气，毕竟他的记忆还停留在她还是饕餮少女的时候，他是无辜的。“不了麦麦，我现在不太能吃甜了，你不是一直希望我变瘦吗？”

Mai愣住了，他盯着她的脸，疑惑和不安涌出他的眼睛，好像她是一个烤坏的蛋糕。他的喉结上下滑动，似乎在费力地思索和计算：“不对，我从来没有说过这句话，我的记忆里没有这句话。”

姚鹞一下子坐直了，直冒冷汗，这句话是麦锦明离开的时候说的，她没有输进他的记忆库里。

“你是不是不喜欢我了？” Mai的脸上浮现出机械样的痛苦，他的手摸索着伸向她。

她苦笑一声：“不喜欢你，我还接你回来？”

他握住她的手，手掌有些冰凉，他细腻的皮肤让她有些后悔重启这段不对等的恋情，她高估了自己。换成以前的麦锦明，他一定会追问下去，而她真不知道怎么向他重述这十几年的光阴。Mai眼前这个被程序设计成他唯一恋人的少女，光鲜的皮囊下是一个靠着细胞重塑才得以维持体面的离异妇人，她不能告诉他真相，当然不能。

不料他突然笑了，露出一排鲜白的小牙："我知道了，我是说过你有张微肿的白香皂脸啊，可是你怎么样我都喜欢，真的。"姚鹂嗤笑一声，她的灵魂立在碗前，冷冷地看着Mai：要真是如你说的一样，我们还能离婚？但是她终究什么也没说。

4

她是被黄油饼干的香气惊醒的，睁开眼睛已是将晚，机器人五花端着一小碟黄油饼干和红茶站在床头，上面附着一张字条："亲爱的，这是我给你做的改良版黄油饼干，不会让你摄入过多热量的。我出去转转，买一些时令蔬菜回来给你煲汤。"

"他出去多久了？"

"一个小时零十分钟。" 五花平稳地回答。

"你为什么不拦住他？赶紧给我他的定位。" 她手忙脚乱地穿衣服。

她穿上运动鞋冲出门，内衣勒得胸骨有些紧，心脏狂跳，肾上腺素激增，生怕他擅自出门遇到什么状况。晚风送来泥尘的味道，快要下雨了，Mai不知道会不会受到雷电干扰定位不准。她加快了脚步，朝着有机蔬菜农场的方向狂奔过去。以前麦锦明约会迟到的时候，也是这样一路跑到她面前，拽住她的手，一脸愧色："对不起对不起，我又迟到了。"

刚到门口，她就看到Mai拎着一包蔬果从里面走出来，气都没喘匀，腥味泛上喉咙："谁让你到处乱跑了！这些都可以交给五花来做啊！"

Mai连忙上前搀住她："可是机器人怎么会知道你喜欢的食物模样呢！它们只知道服从，可我会挑选啊！比如你最喜欢吃的平菇是白色的，橙子要胖，肚脐要圆，猕猴桃要山里长的，香蕉要三四根就够了，多了就吃不完……"

她瞪大了眼睛，换作以前的麦锦明，他铁定记不住这些。

"快走吧，我出来时看了天气预报，猜到你会跑出来找我，特意给你带了伞。"

5

每天清晨，睡眠枕准时把姚鹞叫醒，五花会把人造拿铁、全麦面包切片、坚果、蛋白和果蔬盘按照特定的颜色搭配送到她的床边。自从Mai来了以后，五花就很少亲自下厨了，这个银色的厨房机器人颇有些不满，它似乎认为Mai僭越了它的职责，在Mai让它递厨具的时候总是反应迟缓。

以往姚鹞醒来后，都是五花在一边放她喜欢的各种音乐和广播节目，一直持续了很多年，而如今——Mai在不远处的落地窗前弹《春江花月夜》或《彝族舞曲》，这总让姚鹞想到王维弹《郁轮袍》，过去为生活奔波，麦锦明的琵琶早已生疏。五花默默退到一边，自动进入了待机状态。

“你也需要天天练习吗？”吃过饭后，她吞下每日必需的维生素和微量元素，还有抗衰老的葡萄籽提取物，匆匆套上他给她精心搭配的裙装。

“对呀，如果不反复练习，我的触觉反馈会不灵敏的。虽说靠本能也能弹得纯熟，但是想要真正把曲子弹好，是需要倾注感情的。”他帮她拉上后背的拉链，把脸靠在她耳边低语，“你的身体也是一样，如果长久不用心弹的话，也会生涩的。”

昨夜他把毛茸茸的头伏在她小腹，如袋食蚁兽伸出长舌寻找白蚁，想到此处，她耳根一软。这个月底又要去注射雌激素了，今天还要加倍锻炼，如今丰盛的饮食已经让她的腰围水涨船高，她可不希望他看到她松垮的模样，毕竟存在于Mai记忆里的自己，还是鲜白的初恋。想到这里，她的胸口又有些发闷。

“今晚我踢完球去接你下班，然后咱们再一起去健身会馆。”在无人车上，他轻轻搂着她，怕弄皱了她的裙子。自从有了他之后，她就辞退了自己的私人教练，因为他能对她运动时的肌肉发力状况进行热感监测，从而保证她最大限度地不受伤害。她微微地点点头，斜倚在他身上闭上眼睛养神，就像抹上了奶油的蛋糕坯子在橱窗里旋转着那样幸福。

把Mai带回国以后，姚鹞就不怎么想麦锦明了。和麦锦明在一起时间久了，逐渐变得不再心动，双方对彼此的厌倦就像他俩与日俱增的脂肪，连接吻也成了年终奖。后来她无意中发现，他在外面和几个年轻姑娘纠缠不清。她收拾东西从屋里搬走的时候，麦锦明站在一边冷笑：“你爱走不走，反正我是闹够了。自己也不照照镜子，如今谁还会喜欢上肚子跟甜甜圈似的你？”

每每想到这里，她就一股恨意上来，觉得麦锦明就是有毒的鸡肋，只会生耗着她消磨青春，更可悲的是，她看见黄油饼干的时候，依然会想起那个特意跑到苏格兰给她带Walkers饼干的少年麦。她决定报复，首先从激活身体细胞开始，如炼狱一般的整形手术过后，她重新变得光滑圆润，之后她听从内心，飞去英国定制了一个高配版的麦锦明，他优秀有趣，且永远年轻。

6

月底，姚鹞注射完雌激素后，感到有些眩晕，瘫在了医院的椅子上。Mai得知消息后立刻赶到医院接她，一路一反常态地不说话，到家后，他把她放在床上，走到阳台上关上门，从兜里摸出一包香烟。她看到他点烟，心中讶异，嘟囔道："什么时候学会抽烟了？"虽然隔着玻璃，但她知道他能听见。Mai回头冲她笑笑，掐灭了烟，清理了一下口鼻的烟气，推开门走进来坐到她床边。"今天有个男人想跟你进行三维聊天，他跟我长得很像，不过比我老。他看见我后暴跳如雷，骂我是个'可悲的复制品'，要求我离开你。我拒绝后他威胁要找人肢解我，还说不用为此承担任何法律责任，但我一点也不害怕。"

姚鹞心里一惊，麦锦明是怎么有她家号码的？她早就切断了和他的一切联系。正挣扎着想要坐起来，但Mai温和地摁下了她。

"你什么都不用说，我懂的。我悄悄用数据计算过你我的未来，你和麦锦明的结局是其中的一种。于是，我对他说：您砸碎我不要紧，我的数据芯片会永远在库，只要她喜欢，复制多少个我都可以。姚鹞爱的不过是以前那个让她感觉良好的自己，如果她愿意，我可以做她一辈子的魔镜，温柔体贴的情人和孜孜不倦的面首，直到我被回收利用。虽然我是您的复制品，但是在这一点上，先生，我比您强多了。”他抚摸着她的头发，语气平静。

姚鹞红了眼眶，她摸着他隆起的鼻梁，突然觉得他和麦锦明长得一点也不像。

Mai叫五花送进来一个锡盒，他打开盖子，音乐响起，在他手中磁极的指挥下，那些含有食用磁粒的黄油饼干开始翩翩起舞。“哈哈，亲爱的，我特意请来了一盒黄油小饼干给你跳《胡桃夹子》，我们排练了一下午呢。怎么样，棒不棒？”

姚鹞一眼就认出了勇敢的胡桃夹子，他挺着圆圆的巧克力肚子，显示出一种欧洲王子特有的神气，正在和抹茶味儿的小克拉拉跳柴可夫斯基的《花之圆舞曲》。“刚做完手术，我不能吃……”

“我只是想让你知道，在一起即使不幸，我也愿意重新来过，几回都可以。”

他扭过头来，用那双细眼睛凝望着她，声音由于信号的干扰，有些模糊。“没有你，或许我会成为一个韩国人或者日本人，吃着手握寿司或者泡菜饼，在清潭洞陪别人挑化妆品，或者在涩谷的情人旅馆里过夜，但我没有，因为你选择了我。我也不会介意你发胖变老，真的，姚鹞，我的出厂设定就是爱你，这无法更改。”

在欢快的弦乐和笛声中，他叼起一只士兵喂到她嘴里，姚鹞的心里酥得掉渣，连凡·高的星月夜都化成了黄油。

“不过抱歉啊宝贝，胡桃夹子的腿居然断了，还有一些饼干人也碎了，我记得下午排练的时候还是好好的呢，可能是我不小心吧。”Mai

皱着眉头看着盒子，爱美的他实在无法忍受独腿的锡兵。

“哎呀不要紧的。对了，Mai，回头给你改个名吧？”

7

“救救我，救救我！”麦锦明满脸都是刀伤，血肉模糊，四肢被折断了，正扭曲着一点点地爬向她，随着金属的焚烧味，鲜红的血不断地从他的胸口涌出来，流到她的脚下……

“啊！”姚鹞从噩梦中惊醒过来，一头冷汗，那股焚烧金属的呛人气息还没有散去，她看了眼窗边，Mai不在那里，床边也没有早餐。一种不祥的预感袭来，她爬起来喊他的名字，却无人回应，她跑到客厅，那里也没有人。她又喊五花的名字，一声机器的轰鸣从厨房传来，她拔腿向厨房跑去。

首先映入眼帘的是Mai的背影，他面朝下倒在地上，心脏处被钻出了一个窟窿，流出淡褐色的液体，散发出难闻的气味，左胳膊上有几道很深的刀伤，露出蓝绿色交织的电线裂口，可以看得见碳架骨骼，右胳膊几乎被砍断，但还是竭力抓着一只小胡萝卜。他的头不见了，脖颈处是齐茬的电线，视线上移，案板上放着Mai的头，像对待一个西瓜，机器人五花冷静地举起了菜刀。

8

“五花，你为什么要杀害Mai？根据阿西莫夫三大定律，机器人不得伤害人类，对不对？”

“吱……”机电刑警面前的这个银色机器人发出尖厉的噪声，虽然它的机械臂被铐住，但关节还在试图进行反向旋转，这会对它的性能造成严重的损害，但它看起来毫不在乎，好像在进行自我惩罚。

警察们捂住了耳朵，这种声音是机器人受严重的刺激后才会发出的低音波频。一个穿着黑色绝缘衣的年轻警察站起来，拿着电子麻醉枪抵住它的头，释放高压磁波迫使它进入睡眠，开始用程序对它进行数据审问。

“编号为1874的机器人，你为什么要杀了你的主人Mai？”

他不是我的主人，我的主人是麦锦明。

“你知道机器人不得伤害人类，对吧？”

他不是人。

警察们面面相觑。“但无论如何，仿生人拥有部分人权，你犯下了谋杀罪，你的动机是什么？”

沉默。

“你的行为给女主人姚鹋带来了极大的伤害，而这是你的核心规则里所不允许的。我们扫描发现，你在程序里把Mai设定成了食材，并打算用他的肢体做几道菜，用这种残忍又狡诈的手段来规避定律的监测，恐怕不是你这种厨卫机器人能想到的。我们怀疑，你只是在服从某个命令。”

持续沉默。

“如果你执意保持沉默，那么你将会被粉碎，且永远不得被回收利用，就算这样也没关系吗？”

还是沉默。

“1874，你这样的坚持没有任何意义，知道吗？我们调查发现，自从他们离婚后，你一直在偷偷给麦锦明发各种菜谱，传递姚鹞的私人动态，这已经侵犯了她的隐私权，无论你怎样隐瞒，麦锦明终将会被审判。”

咯吱咯吱，五花又开始挥舞双臂。

“队长，它启动了强迫苏醒模式，正在执行格式化自毁程序。”年轻的警察迅速补了两枪，机器人五花又恢复了平静。

“没用的，1874，我们早已经把所有数据备份了，你保不了你的主人麦锦明了。”

屏幕上迅速出现了一堆乱码，那是机器绝望的哭号。

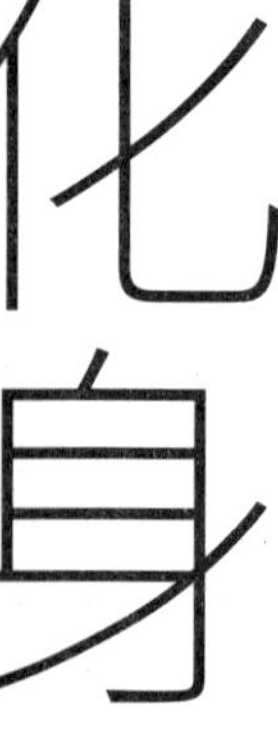

by 张寒寺

作家、编剧。不爱吃辣的重庆人

“没有糖吗？”

他只抿了一口，抬起嘴，盯了我一会儿，然后问出这句话。

既然坐在对面，他应该看得出来我是警察，于是我干笑一声：“给你喝咖啡就不错了，还指望有甜头？”

“我妻子给我冲咖啡的时候，都会放很多糖，不甜我喝不下去。”

既然他主动提起，之前设想的开场白就没必要再说了。“行，那我就直接问了，你杀她的动机是什么？”

“你知道吗？”他把右手食指伸进杯子，蘸了一些咖啡，“咖啡豆这个东西，在不同的时机采摘，以不同的细密程度磨粉，再用不同的温度、不同的压力去煮，就会表现出不同的味道。它自身味道的丰富性，我们至今无法模拟。”

在之前的几份审讯笔录上，关于动机，他的说法都很一致——没有动机，因为他一直坚持他的妻子是自杀——简直鬼扯，总不可能他们夫妻两个人都是精神病吧。

在见到方唯源之前，我从来没想过，“恋人 Online”这个用户上亿的软件，它的总工程师会长成这个样子：看起来没睡醒的眼睛，胡子刮不干净的下巴，肯定撑不起西服的肩膀，还有几乎一样粗的四肢。他和普通程序员似乎没什么两样，甚至有点病恹恹的，一点都不像是站在他那个领域最顶端的人。

当然，更不像杀人凶手。

但是，现实经验和小说设定也会有重叠的地方，就是这种看起来人畜无害的角色，才更可能在某个不经意的段落突然痛下杀手。方唯源，亿万人顶礼膜拜的总工程师，某种意义上的造神者，同时也被怀疑为凶残的杀妻嫌疑人，因为按照媒体的说法——虽然我们一直嗤之以鼻——方唯源杀妻之后，吃掉了她的脑子。

连带着被用来藏尸的冰柜，我们带回方唯源妻子的尸体，交给法医，法医判定死因是安眠药服用过量，并且，死者的头颅是空的。

我清楚地记得，被掰开大口子的脑袋，就像一颗崩开的核桃。

方唯源的妻子是他的大学校友，比他小两届，按照他们共同朋友的说法，她是方唯源的狂热崇拜者。我在毕业纪念册上见过这个女人的照片，齐肩长发，单眼皮，嘴唇边上有一颗痣，算不上漂亮，但很精神，想必很受同学们的欢迎，照片底下写了一行小字：刘昔言，22 岁，渴望爱人，也被人爱。这句意有所指的话，不知道方唯源看到过没有。

我们在方唯源家里收集证据，也在他和刘昔言的朋友、同事、邻居那里记录证词，试图为“夫妻不和”找到一些佐证，把这样一桩不寻常的案件往相对正常的路子上带。得到的却是一些互相矛盾的说法：刘昔言那一边的，都说夫妻和睦，恩爱如初，坚信凶手另有其人；而方唯源这一边的，不是沉默，就是遮遮掩掩，假如我没有理解错的话——

“你从来没有爱过你的妻子，是不是？”

被问到这样的问题，如果方唯源真的不是凶手，他要么大声反驳，要么一笑带过——他舔了舔嘴唇，两只手握在一起，抬到桌面上，又靠近鼻尖：“那你要先定义我，你觉得我是什么？”

“什么意思？”

“意思就是，你觉得我只是现在坐在你面前的这个躯壳呢，还是所有来自灵魂的创造。”

“我以为我抓的是一个程序员，”我两手抱胸，眯起眼睛打量他，“其实你是一个哲学家？”

“这牵涉到哲学吗？我觉得这是很浅显的道理。”

不爱就说不爱，没必要逃避，凡是逃避就是否定。这样浅显的道理，我还是明白的。

没有直接证据指向谋杀的方向，同样也没有证据足以让我相信这真的只是自杀。

案子陷入僵局，局里也承受了巨大的社会压力，因为总工程师被我们拘留，群龙无首的恋人 Online 遭遇了自上线以来最严重的黑客攻击，数据泄露，账号被窃，集体掉线，状况层出不穷。尽管我们怀疑这是软件公司为了迫使我们释放方唯源而演出的苦肉计，但面对遍布网络的嘲讽文章，我们还是明智地保持了沉默。

我并不了解方唯源这个人，因为我不是他的用户，我甚至有些反感那些沉迷于恋人 Online 里的人，人工智能再怎么先进，能和你谈恋爱也好，能帮你打理起居也好，它终究只是个按照程序运行的机器，怎么会比一个活生生的人更能带来交流的愉悦呢？爱也好，被爱也好，都是虚假的。难道说在我们这个时代，“他人即地狱”这句话已经深入骨髓，被视作理所当然了吗？

虽然心里并不情愿，我还是在手机里装了恋人 Online，既然方唯源把他所有的精力都投入到这里面——应该不是所有，他还抽空杀了他的妻子——那这个软件就是了解他的最佳途径。软件的启动页面是黑色的，中间位置慢慢浮现起一道白色横杠，如此丧气的设计似乎与它作为恋爱软件的定位不符。白色区域越来越大，直到占满整个手机屏幕，没有出现软件的名字，也没有出现任何标语，只有一个轻轻跳动的抽象标志在正中心，说不好那是什么，可能是心脏，也可能是一只手。我用大拇指按了一下，检测到按压的屏幕瞬间变得柔软，如同女人绵软温暖的手。

“你好。”

虚拟恋人和我说的第一句话，比预想的平淡许多。

我也回复一句“你好”，便不再说什么，假如对面是一个敏感的女人，想必早就被我的冷漠和不善交谈给吓跑了。

“今天天气不太好。”

我看了看窗外，有点阴沉：“是啊，要下雨了。”

“你是谁？”

我是不是可以把方唯源理解为这个虚拟恋人的父亲？如果我告诉它，我是来调查你爸爸的警察，它会有什么反应？它保持沉默，回避我的问题，那它就违背了身为机器人必须服从人类的义务；它有问必答，大义灭亲，那它以后怎么自称是“具备人类感情”的先进智能？人类情感的基础不就是自私吗？

"我是警察。"

"很高兴认识你。很早以前，我就想认识你了。"

这倒是个意外的说法。"为什么？"

"因为我很喜欢你啊。"

我慢慢滑动手机屏幕，把这几天和虚拟恋人的聊天记录都让方唯源看一遍。

"你是不是很了解人性？"

他看我一眼，似乎想笑："为什么这么说？"

"如果不是把人性钻研个透，你怎么能开发出这么高级的人工智能？和它聊天，我觉得有被尊重，不对，是被爱慕的感觉。"

"是吗？"方唯源侧过脸，不再盯着手机，"所以才这么受欢迎，很会爱人。"

"我问你，开发这么一个程序，是不是能挣很多钱？"

"你觉得我是为了钱？"

我希望他是为了钱，我希望，如果我们这个世界并不能像期盼的那样美好，一定要出现杀人凶手的话，他们都只是为了钱。"你直接回答我的问题就行了。"

"没多少钱，我上大学的时候，挣的钱就够花一辈子了。"

听他这么稀松平常地说出来，同样作为男人，我心里还是有那么一点不舒服。"所以呢，叫什么，为了科学？"

"为了玩，可以吗？"

“这么晚了，还不睡？”

“在工作。”

“我能帮上忙吗？”

卷宗里写满了方唯源的经历，求学，意料之中的容易；工作，看起来很容易；交友，也挺容易，还可以接受；感情——

我从来没见过在学校换了这么多任女朋友的人，可能是我本性保守，认识的人也不太出格，学校是个很小的世界，即便一年换一个，对我来说也会有寸步难行的感觉。所以，刚开始看到“34”这个数字的时候，无论如何我都没法把它和方唯源联系到一起。他难道不是一个表情木讷，说话无趣，用理性思维指导一切的技术男吗？我印象中的情圣，不是抱着吉他坐在湖边，就是开着小车行驶在马路上，怎么可能坐在机房里？

“你说，如果一个人频繁地换女朋友，是为了什么？”我随手把这个疑问敲给虚拟恋人，望着对方的“正在输入”出神。

“是没有合适的吧，有些人，喜欢尝试的。”

合适，这好像是个消极的词。我调出这 34 个女友的照片，按先后顺序排列，一张一张地看过来，我知道男人和男人之间存在比较大的审美差异，但还是可以肯定，方唯源并没有以“漂亮”为唯一标准去选择伴侣，这里面有好看的，也有不好看的。甚至，我直言不讳地说，有几个真的非常丑。最后一张是刘昔言，方唯源的妻子，本案的死者。她正对着镜头笑，有一只手抚摸着她的辫子，很可能就是拍照人的手，更可能，就是方唯源的手。听他的朋友说，他们结婚前，求婚的甚至不是方唯源，而是刘昔言。

那个时候，方唯源知道自己会在将来某一天，杀死这个笑起来很好看的女孩，并且挖出她的大脑吗?

“怎么定义合适？”把这个问题抛给机器人似乎没什么意义。

“啊，这个因人而异啊，我听说，有些人把喜欢吃一样的菜当作第一标准呢！”

喜欢吃一样的菜……我把34张照片拢在手里，你们这些人都喜欢吃一样的菜吗？那33个前女友如果知道最终胜出者的奖励是身首异处，会作何感想?

“可能是最后一任女友身上有什么别人不具备的特质。”作为一个每天跟犯罪者打交道的警察，我擅长应付的是隐藏在蛛丝马迹里的恶意和杀机，而不是儿女情长背后的柔情蜜意，另一个男人为什么要从他的女友加强排里选出某一个作为终身伴侣，我怎么可能猜得到？即使是——

我好像闻到了咖啡的香味。

“咖啡好了，去喝吧。”手机屏幕上显示着这句话。

我才想起来，虚拟恋人和家里的电器是联在一个网络里的。“你不打算叫我早睡了？”

“我知道你要熬夜呀。”

我走到咖啡机旁，尝了一口，很甜，放了很多糖。

“为什么是刘昔言？”

方唯源举高双手，长出了一口气，看着我：“你是说为什么娶她？”

“对。”

“你不查案，改咨询情感问题了？”

我没有回应。

“好吧，这几天你也用了恋人 Online 了，感觉怎么样？”

我不好意思说出心里的真实想法：“回答我的问题。”

“她很爱你，对不对？”

我想拔枪打死他。

“被我说中了。”他大笑一声，“没有人能抗拒这种感觉的，都写在你脸上了。说起来，其实你们马上就要结案了吧？”

他猜得没错，科学鉴证科已经锁定凶手，再高明的手法也会留下破绽，毕竟方唯源最擅长打交道的是冷冰冰的机器，而不是冷冰冰的尸体。同事们还跟我详细讲解了他是如何切开刘昔言的脑壳，取出里面的东西的，听得我一阵反胃。

“是，但是，”我往前探探身，“我还是想知道动机，我想知道为什么。”

“这是你个人的意愿？”

“是的。”他这样高智商的角色，肯定不甘心把秘密带进坟墓。

“其实一开始我就告诉你了。还记得我跟你讲的咖啡豆吗？”

我们把恋人 Online 的核心程序，连带计算机作为重要证物予以没收，软件公司虽然公开谴责，满大街的用户抗议，但也无济于事。

我们拆开计算机，像剥洋葱一样，一层一层地剥开，线缆和电路板就像人的血管和器官一样纠缠在一起，一件一件地放在地板上。如果血肉组合的躯壳可以爱人，可以被人爱，那凝聚了几千年人类智慧的电子元件为什么不可以呢？方唯源告诉我说不可以，除非——

计算机的最里层，被电线连接的透明培养皿中，一颗完整的大脑被泡在里面。

那是刘昔言，方唯源妻子的大脑。

人类无法模拟复杂的咖啡豆味道，更无法模拟复杂的人类情感。

“你知道有一个总是被无数人问的问题吗？是选一个你爱的人在一起，还是选一个爱你的人在一起？”

“这个问题很可笑，难道这两个人不能是同一个人吗？”

方唯源睁大了眼睛：“对，理论上是可以的。但是在我这里，就不能是，我不需要我爱的人，我需要的是爱我的人。我有一套复杂的判定方法，去确定哪个女人是最爱我的。她们都是我的崇拜者，爱我是一定的，但有多爱我，是不是爱到愿意为了我而奉献一切，牺牲一切，这需要一步步筛选。还好，我在大学期间就找到了最合适的人选。”

合适，是一个消极的词。

“因为她最爱你。”

“是的，我取出她的大脑，把它作为恋人 Online 的中枢，让全世界的用户都直接连接到她的大脑，与他们在线恋爱的，并不是什么程序什么机器，而是一个有感情、有爱意的，活生生的人。”

“那你怎么保证她愿意跟那些陌生人谈恋爱呢？”

方唯源嘿嘿一笑：“我开发的核心并不是一个恋爱程序——恋爱程序有什么难的？——而是一个化身程序，所有传导进恋人 Online 的用户数据都会通过这个程序进行化身，而他们化身的对象就是我。你明白了吗？恋人 Online 的核心是我的妻子，而全世界所有的用户，经过化身程序的伪装之后，都会变成我的形象。在她眼里，你们都是我，都是那个她最爱的我。”

我不记得那一刻，有没有冲动地跳起来一拳打在方唯源的脸上。“你利用她对你的爱，制造了一个欺骗所有人的机器。”

“不是。她爱我，我不爱她，我用这种方法给她爱。在她余下的生命里，在她的意识里，每时每刻都和我在一起，都被我的爱包围，有什么不好吗？”

瞬间的谬论听起来总是像真理，我一时想不出话来反驳他：“那我明白你为什么不需要你爱的人了。”

“你并不笨。”

“你怕舍不得，是不是？”

他没有回答。

方唯源被行刑前，我又去见了他一次，我们的对话很简短。

“有什么遗言吗？”

“好像没有。”

“真的没有？”

他抽了抽鼻子，很响，引得狱警侧目。

“那个，”他抬起了头，“恋人 Online 还在运行吗？”

“没有了，它现在被锁在仓库里。”

“整个程序都停止运作了？”

“应该是。”

“那她会很寂寞吧。”

我想起刘昔言毕业照上的话，渴望爱人，也被人爱。“你那个所谓的化身程序的源代码已经被删除了，所以，不可能再运行了。”

“但是，你明白原理，对吧？”

我点点头。

那一瞬间，我看见他无神的脸上有了一线生机，好像他灵魂的某个部分又可以继续活下去一样。

仓库里一片黑暗和阴冷，只有违逆人伦的怪兽才应该被囚禁在这里。

我按下开关，机器又启动起来。

恋人 Online 在我手机上启动。

连接中……

连接中……

连接成功……

“你好。”

“你好。”

“你是谁？”

我靠着机器，隔着钢铁外壳，似乎也能感觉到那副大脑的余温。

“我是方唯源。”

“很高兴认识你。很早以前，我就想认识你了。”

“为什么？”

“因为我很喜欢你啊。”

小型的只飞短途的穿梭机

by 沈大成

作家，有一天会比青团更有名

1

他醒来后直直仰躺，只把头露在被子外面，被子呈圆筒状裹住身体，他和被子合起来以一条手卷寿司的样子在床上静止了好一会儿。闹钟隔五分钟响一次，响了五次。其间，几条蟹肉（也可以看成小黄瓜条或胡萝卜条）从头旁边伸到寿司外面，又缩回去了，那是他犹豫要不要起床的手指头。

后来他把被子一掀，起来了。

室温很低。先是哆哆嗦嗦地穿衬衫，再把两条毛毛的腿塞进裤脚里，这时轮到穿套头毛衣了。事实上，阻碍他在冬天早晨爽快起床的，就是穿毛衣。头从毛衣下面钻进去，“今天——”他想，头钻出领口，“——会去哪里？”他又想。等头一重获自由，他就猛然双眼圆睁。但是，今天他还好好地站在卧室里。

此前，在穿套头毛衣时发生过几次古怪的事。

事情头一次发生时，他感到头穿过毛衣领口了，于是手按习惯在身上摸摸，想把下摆拉好，但是他没找到身上哪里有羊毛混纺的材料。他睁开眼。嗯？正注视着天花板，自己竟然还躺在床上。他的手在被子里讪讪停下，困惑地搁在保暖内衣上，内衣下面是他软和的肚子。那么，刚才是做了个梦，自己梦见了起床穿衣。他当时只能这样判断。

第二次，发生了和第一次相反的事。头从领口钻出来，但他猜想，也许头还在衣服里没出来，因为他四下看看，这分明是一个限制人生自由的狭窄空间，仿佛是在穿衣过程中被困在衣服里面似的。但是，头的确是在外面，可以自由转动，毛衣已经穿上身。他霍然醒悟，这个地方，很熟悉，是公司厕所的一个小隔间呐！他一打开门，老板穿高级西装的背就对准自己，与此同时，那背影正制造出一种水流声。稍后，老板以不解的目光上下打量他。他明白自己是有点奇怪，头发未梳，衣衫凌乱，脚踩妈妈硬是从远方寄来的廉价棉拖鞋。

2

“你的毛衣是时空穿梭机？”朋友们在聚会中首次听说后，全吃吃笑起来。

“看来是的，可以叫我往后退，或者叫我往前进。”他说，“往前往后都不能去得太远。可能是小型的短途穿梭机。而且我还不能驾驭它，我的意思是摸透它。我控制不了穿上毛衣的那一秒人会跑到哪里去。”

大家叫他现场表演。他说：“这怎么行啊，你们的手不要扒我衣服，时空机有自己的意志！”

他说：“不是每次都穿梭，但规律已经找到几条。第一，得是早晨起床后第一次穿上毛衣，脱下再穿就不灵了——所以现在我不能表演。第二，一定是穿套头毛衣，开衫不行，运动衣也不行。第三，只能去时间线上合理的时空。”

他继续解释，“合理的时空”分两种。一种是自己之前在的时空，比如前五分钟的被子里、前一天下班回家的电梯里，他会“原样退回”到那里。第二种是自己未来应该在的时空，比如几个小时后的办公室、约好去接人的车站，他以“现状穿越”的方式，也就是以早晨穿上毛衣一瞬间的状态到达未来……

不过，大家的兴趣已经活泼地飘到新话题上，懒得听他说了。

3

冬天过去一半，靠近年尾时，他多少摸清了窍门。

核心技巧是“想”。既不能过于尖锐地想，也不能过于稀松地想，要平缓而绵密地想，使这想法形成一定面积，同时具备一定密度，织成一层思想的毛衣，在穿过领口那一秒钟覆盖住自己的脑部。这样，就有望成功穿梭到所想去的时空。

他已经好几次在上班前几分钟，精确地赶到公司厕所的小隔间里，省去了交通劳顿。并且他聪明地实践出一套办法，使得自己稍加整理后走出厕所，来到开放的办公区域时，那样子不像是刚从床上爬起来。只有一次，距离上失误，他出现在厕所隔间外。老板解决好事情一转头，见到一个荒唐的员工，他把毛衣穿在风衣外面，毛衣下面还背着公文包，这人看起来有点眼熟，正狼狈不安地沿墙流窜。

如此进进退退，一年走完。这天早晨，他醒来时感觉身体很糟，头脑中残留着昨夜到今晨的凌乱画面。唱歌，吃饭，喝酒，一大群人集体转移几次场地，途中不断有朋友离开又有新朋友加入，维持热闹的收支平衡。突然，气氛达到高潮，人们齐声大喊，天空则以花样百出的闪烁光点予以回应——啊，他记起来了，那是新年的烟花，昨夜在跨年，今天是万象更新的新年第一天。

他迟缓地起床，穿毛衣前思考：酒精好像还剩很多，正在我的血管里流，我这样行动算不算酒驾？但他这天不知怎么搞的，相比平时心中有更大把握，深信自己可以通过毛衣一穿而过，回到新年倒数前的时刻——在那时，他看到了她。

昨晚，在漫长的移动式聚会中，他不知道她是什么时候由哪个朋友叫来的，叫她来的人显然不知道、不记得或者不在乎他们以前是情侣。他觉得她一开始就看到了自己，一直确定自己也看到了她，于是她分开人群向自己走来。她当时说了什么。他听到了，但他太醉，听到也无法理解。接着是倒数，烟花大放。她说了什么呢？像分手前那样高技巧地骂自己，还是几句有感情的话？他想知道。至于知道后要做什么，没有计划。

“因为我现在在宿醉中还没清醒，可以做不聪明的事，可以回去听一听。”他又想，“天赋神技也许只为了让人完成某件具体的事情，其余用神技顺便完成的事都是陪衬，我怎么知道，我最应该做的不是这一件？”他在短时间内想出几条理由，这样批准了自己。

他专心想着她穿过人群走向自己的样子，他附带地想到以前两人在一起的大多数时候是很甜美的，他还想到他们过去都过于敏感，可能做了错误的决定，他同时想无论她说什么，自己都要祝她新年幸福。接着，他把两条手臂伸进毛衣袖子，把毛衣撑开，他略一低头，脖子一伸，对准领口钻进去。前方明亮又喧哗。

4

“可以的，你的头比这个洞小，”他鼓励儿子，“再试一下。对了，钻！”

之后，他把衣服穿得暖暖的儿子抓住，留在怀里颠来倒去地揉，直到他叫起来，才放他到地板上滚来滚去。

这时距离他那次新年穿梭，已经过去了好几年，他有了家庭。“我们在跨年时不小心重新遇到，就……”他对朋友们解释过婚姻的来历。毛衣在那年新年后失效。再到年末，冬天又一次到来时，他试着往各种衣服里钻了又钻，仍然不行。此后这种小型的、只飞短途的时空穿梭机再也没有为他启动过。

by 陈麒凌

也教书，也写小说

1

高速公路尽头，转左边的匝道，有大约三公里黑水泥路，路窄，仅能行一车，两边的植物像树又像藤，繁密的绿在顶上交缠成穹盖，穹盖里的天光在正午却如日落。

区蕙开了车灯。

导航提示到达目的地，一条青石子街，店铺尽掩着门，没有闲人。区蕙知道时限规定，忙停好车，直奔路口的咖啡馆。她走得快，匆忙间碰到门上悬挂的铜牌子，铜牌子晃了半天才停下来，上面镌着的花体字也停下来：时光小器。

她在三号桌坐了五分钟，心里来回默诵了几遍，深呼吸，这才抬手招呼林先生。那个微胖的戴着眼镜总像在笑的男人是林先生，她第一次见就能认出。介绍人说得很详细，两笔浓眉，腮边一对梨涡，中学生的样貌，中年人的行头，混搭得这么巧的人，才有资格经营时光吧。

“请问您要点什么？”林先生从棕色围裙里摸出点餐单。

她有点紧张，切口是一个字也不能错的。“给我，一碗，炒，米粉。”

林先生头都没抬："猪肠碌你吃过没？"

"炒米——饼——也不错啊。"这句最容易把"饼"说成上句的"粉"，幸好记得清楚。

林先生点点头，伸出手："您的手机。"

她赶紧递上。

不多会儿，林先生把手机还给她。"App 还在试用阶段，不能保证性能稳定，菜单十二种应用只能选择一种，您也应该知道规矩，使用权限一生一次，用毕软件自动消失。"

区蕙使劲点头："我知道的。"

"那您慢用。"林先生得体地走开了。

时光小器的图标是一只手，一只遮住太阳的手，可阳光还是从指缝里泄露出来，带着微微的茸边儿，像是在指间戴了朵金色的花环。

她点击进去，界面是个彩轴轮盘，缓缓地转，十二种颜色，乍一看会眼花。她不贪心，只挑自己要的，那是红色，很正的中国红。屏幕提示：你选择了易心，确定请按 Y，退出请按 N。她飞快地按了 Y，简直是一秒钟也不能等。

2

如果不是今年春天去了次省城的 Z 大，她和叶康成早就结婚了。

叶康成是她合适的结婚对象，她也是叶康成的。商会活动认识的，走到一起也有五六年了，她开厂，他做外贸，简直一拍即合。他们在一起是不愁没话题的，资金产品客户供应商，可以从清早一直说到午夜，中途的餐食或者欢爱只是课间休息。有次安全套都拆了一半，她还在说一笔税票的数目，叶康成竖起食指说等等，他得马上查查，就光着屁股跳下床去开笔记本。她也站在旁边看，光线太暗便开了大灯。两个人说了半天才发现彼此赤身裸体，如此坦荡直白、毫无情欲的青壮男女裸体，不由得相视大笑，而这大笑彻底灭了刚才的火，虽然那也不过很细的火，生日蜡烛上短暂跳跃的那撇，一呼气就能吹落的。

不过那只撕了封口的安全套，还是让她有点惋惜，就像在车间地板上看到工人浪费的钉子一样，人家李嘉诚还不轻易浪费一个硬币，这种惜物的情怀做企业的人务必得有。

叶康成从来不管她，她也不管他。这是一种很宽松、很舒服的关系，聪明的、理性的、成年人的关系。她知道叶康成颇有几个红颜知己，某姐某妹地叫着，打牌吃饭唱K嘻嘻哈哈又可以低诉心事的，甚至一年中有几天同去神秘的地方度假出差。她很理解，生意场上到处是节骨眼，没人帮走不下去，多一层关系就多一线生机，而且他的关系不就是她的吗？难说什么关键时刻用得着。

叶康成也是懂事的人。她的异性知交他任何时候都笑脸相迎，饭局遇上喝多两杯攥着她手不放的大哥，他装没看见，还有本事把焦点转到电视上，让别人也看不见，有时老客户要她单独陪，他就点好菜买了单轻轻消失，什么时候该走，什么时候该回来，什么时候该说话，什么时候该闭嘴，他掌握得妥妥的。

结婚却是一时兴起。

有天和商业局的朋友吃饭，那人忽然说道："你们为什么不结婚呢？结了婚两家公司合并，对规模效益乃至财务都有好处，正赶上市里有优惠政策。”她和叶康成对看了一眼，同时点头，有种“聪明人竟然一直没想到的”讶异和幸好。然后他们开始拣日子，除了忙着筹备大型嘉年华一般规格的婚礼，还要操心合并方案、资产负债表、财产清单之类，很多时候感觉不像自己结婚，倒像是策划一场商业活动。也的确是，已经敲定婚礼上以两人名义成立一个基金会，吸纳的赞助捐款用于助学扶贫，既是喜事善事，又有利于新企业的形象，还能免费宣传，这心思可是费尽了啊。区蕙对叶康成说不知别人结婚的时候是什么样的，叶康成说:“我的感觉是咱们好像上辈子就结婚了，都结婚一万年了。”

3

春天里，区蕙去Z大听了个EMBA讲座，是女企业家商会组织的。

她对校园还是有点情结的，那些大树那些红砖教学楼那些开着花的小路那些叮叮叮忽然转出来的自行车。所以那天她在穿戴上就稍稍朴素些，没化妆，平底鞋，白衬衣扎在墨水蓝的裙子里，外搭一件玫红色的针织开衫。也许是衣服的缘故，穿着这身就感觉自己和其他的女企业家不一样。她们仍是女老板的行头，八寸以上的高跟鞋承载着沉重的肉身，细高跟艰险，粗高跟艰巨，层层叠叠的套装颜色，珠宝红唇和打着硬发胶的鸡冠一样的刘海。忽然有点烦这些人，烦那种小业主加新贵还有广场大妈混搭的气质，也就没怎么搭讪结交，或许浪费了点机会成本，但转念一想，当作正常预算范围就行了，不能老想着那几根钉子。

下了课，晚宴她也没去，在校园里乱走。隔着围栏网，看着一班大男生在足球场上翻滚嬉闹，那么淋漓尽致的青春，脸上是汗，身上是泥，笑出雪白整齐的牙齿，身后是无边的绿茵茵的草地。她那时不知道，高大伟在里面，她此生最大的机会成本在里面。

高大伟最爱问的问题：当初你是怎么从一群混蛋里面挑中我的？

你猜。

我最高，我最帅？我进球多，跑得快，还是我过人技术最厉害？

她笑，都不对。

他晃着指头点她：你等着。

他是足球场上最跩的那个，踢人家屁股抢人家眼镜趁乱扒下谁的鞋全力以赴扬手扔到最远，然后赤膊坐在地上把一瓶矿泉水从头顶浇落，自己在那儿笑得咔咔响。

他天然卷曲的黑发湿淋淋地贴在额上，眼神不可一世又愣愣地犯些呆傻，就像一只从水里捞出来的鸭子，以为脚下那几根草就是宇宙中心。让人看了就想——就想打他一下，手痒痒的。

她在围栏网外漫然地看，反正没事可做，多么奢侈的无聊。

等到他们一群人推推搡搡出来，对一个漂亮姐姐本能地注意或者装作不在意地看过来的时候，她轻盈地上前，笑着打了高大伟一下：你过来。

打在他的肩膊上，微微黏热的手感，那小子张大了嘴。

嘘声里他懒洋洋地跟在后面，满不在乎地，有点不耐烦地，可是红着脸。

我不认识你吧。

现在就认识了。

不是吧——

我想吃学五饭堂的卤鸡腿，可是没饭卡。

想怎么样——

请我吃，吃完请你看电影。

那天真的很愉快。重回校园，感觉身心都是青葱的，而且身边有个这么校园的大男生，高高的，酷酷的，也臭臭的，一身的汗酸味。说话或不说话都很自在，春天里润生生的空气，风里有莫名的花香，大朵的云低低地擦着树梢，她有时走路一跳一跳的。

没交换名字来历，也不问身世背景，这默契好珍贵，他和她互相叫“喂”。

喂，坐这边行吗?

喂，你要不要饮料?

正合她的意思，干干净净、清清爽爽的一段交集，然后干干净净、清清爽爽地走开，明天睡醒了会当成个梦来想想，笑一笑，足够了。

吃完饭散步，到小礼堂看电影，他们并肩站在海报前看排期，忽然他拉拉她的手臂说：走吧，不想看了。她问：没有喜欢的片子吗？他说：让你欠我一场电影，留着以后看。她“呵”了一声，心里觉得有些不妙。

大草坪上有人在弹着吉他唱歌，那是首悠扬又忧伤的歌，隐约听到几句。

在这月凉如水的夜，你依偎在我的身边，这风儿吹得缠绵，可明天就要离别。啊，相爱的人啊，不要告别。啊，心爱的人啊，在这月凉如水的夜——

她心里无端有些悱恻，听到一半就走开了，他严肃地沉默着。

她准备走了，心想到此为止吧，得快。正好主办讲座的秘书长打电话问她怎么没来吃饭，让她赶紧过去，饭后还有个茶会。

她刚挂断手机，就被他抢了过去。还没明白怎么回事，那小子已经飞快地按键拨号输入通信录，再把手机放回她手里。

他语速很快地说：就知道你不敢朝我要电话，对啊，我很少给人留号码的。

她握着手机啼笑皆非。

他继续说：我挺忙的，你没事最好别打电话。通常我在实验室里没空接，踢球的时候也不会接，短信可以发，不过我不一定回复。

她点点头：好吧。

他没什么说的了，好像有些懊恼自己这么快就说完了。

她摆摆手：那我走了啊。

他手臂一抬，有点害臊：你叫什么啊？

她想想，从包里取出一张名片，微微颔首，双手递给他，客气有度，标准的商务礼节。这个动作让她一下子回到了她的场合，虽然周围还是校园，而风里的水蒸气似乎也冷却了一些。

他有点手足无措地捏着那张名片，低了头，像个孩子——本来就是个孩子啊。

那天晚上临睡前，她看着他存在手机里的名字，高大伟。

想了一会儿，终究还是没删。

4

这件事很快就蒸发了，像桌上的一滴水渍。

回到她的城市，继续她的生活，拓展人脉维护关系估算价值交换利益，笃信利润机会效益，偶尔扯上愿景信念梦想，也继续筹备婚礼，能拉多少赞助请到什么等级的贵宾促成多少订单——能一举将收益最大化到多少，她忙得煞有介事且津津有味。

四月一个微雨的夜晚，她接了个奇怪的电话，没有声音，问了几声“哪位”，不回答，却好像沉沉呼了口气，挂断了。

后来高大伟承认是他打的，用公用电话打的，就想听听声儿，但是不想让她知道。

这时已经是六月底了，他正准备毕业离校，行李物品已经打包寄回北京家里，七月就要到新单位报到，单位是家里安排好的，各方面条件都不错，看得出他父母颇有能量。

他就这件事，正儿八经地打个电话给她，当成一件大事来做，整个过程好几次在深呼吸，不知道攒了多少勇气或者削减了多少傲气。

“竟然一次电话也没打来，一次都没有，一个字也没发过，你比我还忙呢，呵呵——”他本来想是用笑声挡挡伤心的，可是笑得好凄凉啊。

她不知该说什么好。

“我去过你那儿，去过两次，在工厂门口等着，以为能看到你，等了一天都没看着。我必须再见你一次，必须——”他软弱地重复着。

“为什么？”

“见一次我就能死心了。我知道之前的都是错觉，你没那么好，是我的错觉。我得打破这个，放下这个，了结这件事。”

“好。”

“这个星期六我去见你行吗？”

“来吧，我还欠你一场电影。”

她推掉了一切应酬等他来，心情复杂，微微地坐立不安，这是要干什么？

打开衣柜，挑来挑去找不到一件合适的衣服，大镜子前坐了半天，眉毛描了一半，心浮气躁弄断了笔。

试着以一个大学男生的眼光打量自己，镜子里的女人富丽、世俗，从头发丝到脚指头都透着老练精干。她嫌弃了一会儿自己，还是决心放开那点虚荣，就平常的样子，就把这样的真相给他看。不想矫饰了，是的，之前的都是错觉。

他穿着白衬衣来见她，正正经经地束在卡其色的棉质长裤里，修长又干净。天然卷曲的黑发短短一绺落在额上，抿着嘴，神色矜持骄傲，可是那双清澈的眼睛一直看着她，没学会掩藏情意的孩子，就那么一直看着她。

是因为知道只此一面而倍觉贵重吗？她发现他原来这么帅，帅得让人有些绝望。而再见的这个晚上，有他的这个晚上，最平常的看电影走路吃饭，表面努力清淡疏略着，可她心里竟然觉得如此愉快，愉快得也让人绝望。

饭店要打烊了，终于到了要说点什么的时候。

她说了些走上社会要怎样怎样的寄语和大展宏图的祝福，他看了她一眼，低下头眯眼笑。

“笑什么？”

“没有我们辅导员说得好。”

“那我简短点儿，你走吧。”

“这次来对了，我觉得自己从来没这么对过，心里特踏实。”

她有些酸酸的，却仍大方地笑道：“错觉没了吧？这回看清楚点。”

“我挺喜欢这儿的。”他神情轻快地眺望着窗外的夜景，“在这儿找份工作不难吧，再租个有阳台的房子，挺好的。”

“不好。”她语气严正地说，“就是开玩笑也不好。”

“我没问你的意见，我想干什么谁也拦不住。”他倨傲起来，“我也没在开玩笑。”

“好啊，你随意吧。”她笑道，“我三十一了，没法理解二十三岁小孩的游戏。不过这个城市挺舒服的，年底我结婚，会有个很热闹的婚礼，也请你来哦。”

他沉下脸来，一会儿才咬着唇笑了声：“幸好我没来晚。”

然后无比自负地说：“除非跟我，和你结婚，任何人都休想。”

她本想讥笑几声来回敬，可是突然笑不出来了。

事情似乎有点严重。

高大伟真的来了，找了工作，租了房子。不知道他家里那边是什么情况，不知道他刚从学校出来，一个人在陌生城市顺不顺利难不难，不知道更好，不想知道。她不能卷入这么复杂的关系，即使这个年轻的男人让她一再变得反常，即使那些愉快和虚荣都让人想要贪图——不合算啊，时间的成本，精力的成本，还有未知的风险。

而高大伟，有天正正经经穿着白衬衣，手握最传统的那种红玫瑰来找她。少年的清新，却有着国王般的庄严。

“干吗？”

“追你。”

红玫瑰没处盛放，还得问秘书借个花瓶。叶康成从来不送花给她，只送首饰名酒香水。生意人最务实，花太廉价，而且意义虚飘。花篮倒是常有人送，锦簇斑斓地开着老大一团，像那些场面上的话一样郁热喧闹。

这丛玫瑰红得单纯，她几番看着看着走了神，又无端担心许多，因那花儿如此易谢，次日掉落几瓣，她心疼得要命。

5

叶康成把这事当成笑料，每逢饭局枯燥时就拿出来添些酱料涮涮，果然气氛高涨起来。质疑来者动机，揣测背景，居心不良地盘问风月细节，回忆校园初恋……任何人都能找到佐饭口味。说得多了，高大伟俨然成了名，人人都要寻枝溯蔓到他上班的地方去遛遛。

区蕙不是很高兴，私下里要叶康成适可而止。

叶康成说：你心疼了，舍不得了。区蕙说够烦了，就别添乱了。叶康成说：你要是觉得烦那还不好办？找几个人揍他一顿，揍他一顿就老实了。区蕙说：你敢！叶康成笑了几声：好好好，你要喜欢就养着，这样的养多少个都养得起。以后我绝不过问一句。区蕙摔门而去。

合作六年，这是两个人第一次翻脸。

高大伟的玫瑰花每周来，高大伟的短信每天来，而他的人不知什么时候会忽然来。他不管她在干什么，有空没空，电话打上来：

“带你吃麻辣火锅，快点下来。”

“我还要工作。”

“工作永远都有，可眼下——你已经饿了，我也饿了。”

又或者——

“快跟我去湖边，八点钟开始月全食。”

“我在跟客户吃饭。”

“快吃，只等到七点半，迟一分钟都不等。”

她的强女人意志几番成了绕指柔，麻辣火锅，月全食，清早绕着湖边骑单车，坐在游戏厅里一人一机玩赛车——总是她输，但他容许她输了也有奖励，从他手里抽一张，券上写着亲大伟一下，再抽，抱抱大伟，她瞪他，一把抢过来看，什么啊，拉大伟的手，亲大伟两下，亲大伟三下。他在一边笑得咯咯响。

这些日子，她的时间和心思就花在这些无用的事上，几次推掉重要的饭局，关系人物的邀约，还有工作。她变懒了，不再细看每份报表不再每天开会不再关心成本质量销售。有时也会懊恼地对自己说：好了，下周一定要斩断了，结束吧。可是心底一个软弱的声音又在说：对自己好点有错吗？你一直都这么辛苦。有时也会不忍：这样下去会害了他，他这个年纪哪里懂得什么利害？而那个软弱的声音马上还嘴：是他自己要这样，谁能拦得住啊，谁又知道男人的热情有多久？

和叶康成闹了一次，两人之间有些淡淡的。新房装修也停工了，工头打电话来管她要钱，她说：不是叶总给的吗？工头说：叶总的意思他那半已经出了，该你出剩下的。她说：那先停停吧，我们商量商量。

都差点忘了年底要结婚的事了，竟然有点恍如隔世，和微微的抗拒。

那天晚上叶康成带了一个很熟的供应商约她吃饭，供应商答应赞助婚礼基金会，赞助多少要看她酒量，一杯两万块，她喝着酒的时候接到高大伟的电话。

“你在万豪吃饭吗？我路过看到你的车。”

“嗯是啊，我现在没空——”

“什么男人的声音这么恶心？”

“我回去给你电话——”

喝得有点多，出来的时候她脚步不太稳，叶康成去取车，供应商借势在她腰上搂了一把。不知道高大伟是怎么冲出来的，也不知道他是怎么出拳的，反正等她反应过来，供应商已经坐在地上，鼻子滴血，嘴里哇啦哇啦要报警。

幸好叶康成及时跑来解围，安抚解释道歉保证，一边狠狠地瞪过来，一边把供应商塞进车里送走。

她扶着水泥柱子，有点头疼：“你干吗啊？”

他站在那里，难过又愤怒：“谁都不能欺负你。”

那一刻她就想流泪了，却忍着，忍到叶康成回来，三个人各自沉默地来到她家，面对面在桌边坐下，该摊牌了。

叶康成气急败坏：“你知道你打的是谁吗？你知道他有什么背景吗？你知道你一拳把我们多少年的经营都打完了吗？”

“我不会让自己的女人喝那么多酒，也不会让别人动她一下。”

“你是谁啊，你有什么资格说这话？醒醒吧小朋友，我们要结婚了，房子都装修好了，就快发请帖了！放心，会发给你一份的，要省点钱封红包哦。”

“她不会跟你结婚的。”

“她不跟我结婚跟你吗？倒贴全副身家跟你吗？我年轻时也做过傍富婆的梦。”

“人渣才这么想，我不会花她一分钱，现在就可以找律师公证。”

“别想太远了，没那个机会了！我，跟她，什么关系？志同道合，旗鼓相当，最好的合作伙伴，最默契的搭档，最了解彼此的战友。我们结婚，是互相成就，是共同壮大，是双赢——”

“结婚只有一个理由。”高大伟打断叶康成，望着区蕙，“我爱她，我只为这个理由。”

她哭了。

忽然间，一切都不重要了，再也没有人会那样爱她。

6

祝你们爱得轰轰烈烈。

这是叶康成的祝福，那晚他笑着，指挥家般扬起双臂，戏谑地舞了几下。

他们在一起了，正式地恋爱了。有时候觉得，这一切如幻梦般，虽然在眼前在身畔，看得见摸得着，可为何却总是给她失真的感觉？

高大伟无穷尽的爱情能量啊，总是超出她的想象极限，让她瞪大眼睛两手捂着脸脱口叫着：天啊，我的天啊。

工业区路口的电子巨幕，上班的时间，等绿灯的 40 秒，突然弹出几个满屏的大字：高大伟爱区蕙。于是那天所有人的朋友圈都刷了屏，工人们都笑笑地望着她，说恭喜和感动的电话响了一整天，她不得不暂时关机。

到海边吹吹风，他整晚忙个不停，以她坐的地方为原点，光着脚踩出一个直径 20 米的大爱心，又撒盐又埋固体酒精，然后腾地一下壮丽的火焰围着她烧起来，海风很大，他紧紧地搂着她。

圣诞节他说要送她礼物，不是寻常的礼物，无价之宝世间罕有，上帝只为她一人而作。她在厅里等了半天，他在卧室里叫可以进来了。却见屋里只有一个硕大的纸箱，打开，他赤身裸体披着礼品绸带跳出来，大笑着要她拆礼物，拆礼物。

她明白他爱她，在乎她，所以要这样挖空心思给她惊喜，让她开心。她知道自己应该感动，做出感动的反应。可是有一件很可怕的事情，她发现在这么多浪漫感人的时刻，应该笑应该叫应该心跳应该沉醉应该浑身发热泪流满面的时刻，自己的身心竟然毫无动静，就像坏掉的引擎怎么使劲也打不着火，就像玻璃外的旁观者怎么也找不到入口。

她无法与他一起燃烧直至同样的沸点，她无法与他一起抵达灵魂深处的那种颤栗和幸福。那种最动人的颤栗和幸福，她在他真挚热烈的眼睛里看到了，可是却如此焦灼又悲哀地发现，她够不着，她无能为力。

所以只好装，像偶像剧演技很烂的女主角们那样，拍着手跳，响亮地亲他的脸，尖声尖气地“哇”或者“耶”——她厌憎自己的夸张和空洞，又心生羞愧。

这场爱情似乎正在成为一件吃力的事。搜肠刮肚地回复他情意绵绵的短信，想不出好词儿只好上网去抄，绞尽脑汁不知道买什么礼物，以应付他发起的各种纪念日，只好交给秘书代办。她对自己感到失望，还有负疚，可忍不住又要为自己开脱。

“都是你想不到的花样。一箱子啤酒放冰箱里，每一罐都贴着标签都有名堂哦，什么周末看电影喝的，什么爱爱之后喝的，什么月圆之夜在阳台喝的，喝个啤酒都搞到那么麻烦。

“要去海边看日出，海景套房不舒服死了？偏要露营。哎，你知道我对床有多讲究的，天啊，他还要搂着睡，黏答答的热死了，怕他生气都不敢说我有怪癖，从来不肯和人一张床的。那天晚上简直就没睡，睁着眼睛到天亮，累惨了。

“约会的时候强行关我手机，老大，我要谋生的，我一个厂几百个工人等我发薪呢；半夜三更拖我起床去吃路边摊，知道不，这个钟点吃东西还是地沟油那是要我自杀啊；还有他不肯戴安全套——这个不跟你说了，反正我是赌上全副性命了。

“送我礼物花掉一个月的工资，问他那他吃什么呢，他说信用卡可以透支啊。有时真的很幼稚，劝我卖掉工厂把钱捐掉做慈善，然后两个人潇潇洒洒去穷游世界。老大，你出国办签证都要十万块资产证明呢，我跟你去喝风吗？”

那个听的人哈哈大笑，是叶康成。

没办法，这么多年习惯了有心事就找他倒，他是伙伴是搭档，也是闺蜜。

“老了，没有激情了。”叶康成兴致索然。

“我可不觉得自己老。”

“当然当然，从外表看你绝对OK以上，可是心呢？泡在一锅老卤汁里，煮啊晒啊多少遍，老不老？小鲜肉咱们吃不起了，玩玩就算了。”

“跟你发几句牢骚你就上脸，再说这种屁话我真翻脸了，有些事你这种人一辈子都不懂。”

“我不懂？谁没年轻过，谁没高大伟过？到今天成了蒸不烂煮不熟的铜豌豆，你以为是无缘无故的啊？”

“反正我现在是认真的，我想过就算什么都不要了只要他，都可以。我觉得自己能做得到，我想我真挺爱他的。”

“你知道为什么人老了都特现实，特自私？因为爱的能力退化了，手心里的那点爱自己都不够用，哪有多余的给人家？”

“那是你吧。”

“别骗自己了，你已经爱不动了。”

她知道他说的是真的。

7

高大伟人生第一次做菜，是早上六点起来为她准备爱心便当。

她中午这顿通常吃得不固定，厂里的饭堂不好吃，就和附近几个公司的老总包了个酒店房间，大家轮流请客聚餐。高大伟不喜欢她和他们一起，其实是因为叶康成也在里面。

“老在外面吃不健康。”他把便当盒小心地盖好，装进保温袋里，“亲手做的爱心便当就不一样，吃得放心，吃得漂亮。”

“吃完会变漂亮？”

“那还用说，我做的。”

她甜蜜地笑着，仰着脸亲了他一下：“好感动呵。是什么好吃的？人家现在就想吃嘛。”

“不行，中午再吃。”他神气活现。

她本想中午一个人在办公室好好享用这爱的午餐，没料到上午突然有大客户来验厂，这一陪就是大半天，午饭自然也要陪人家吃。纵使这么忙着，她也记得抽空发条短信给高大伟，谢谢他的爱心便当，真是太好吃了。

晚上回来也千赞万叹，知道他喜欢听这些，两臂攀着他的脖子说“谢谢，爱死你了”，眼光也含情脉脉的。

“真的好吃吗？我第一次做菜啊。”

“真的，太好吃了，我全吃光了，怎么办呢，胖了你负责！”

“嗯——那个煎鸡蛋怎么样？”

“煎得太有水平了，亲爱的你是天才——”

“我根本就没做煎鸡蛋。”

“啊——”

“我哪会那么复杂的东西，我只是做了点豆豉蒸排骨。”

“大伟——”

“你真虚伪。”

“听我说。”

“说什么？编吧，演吧，我中午去找你，你根本就不在。”

“我有什么办法，今天突然有人来验厂，我能不陪吗？”

“你去陪没关系，你不喜欢我的便当就直说，你知道我花了多少心思吗？我长这么大没进过厨房。”

“好好好，我现在就去办公室把便当拿回来吃，就算馊了坏了我也吃光，行不行？”

“在你眼里我是不是一个傻瓜？”

“说什么呢。”

“再卖力演出也没法博得你一个真心的笑脸。”

“高大伟！”

“我好像永远也没法感动你。无论我做什么，有多努力，你都像个局外人，不冷不热的局外人。”

“不是这样的——”

“我跟叶康成通过电话，他说我太年轻不懂怎么爱你，起码再过十多年才会懂。”

“你别听他说——”

“他说你跟我在一起很吃力，是真的吗？”

“我不知道怎么说——”

“为这份感情，我能做的都做了。家里那边乱套了，我爸妈现在都不肯接我电话。我不想跟你说这些，这是我自己的选择，我乐意。”

“我知道你为我做了许多——”

“有用吗？我什么都能给你，我已经给了我的全部，还是猜不透你在想什么。”他偏过头，拼命地眨着眼，想把眼泪弄回去，“我还能怎么办？”

“我也想，也想像你对我那样，来爱你。”她欲哭无泪，“真的。”

“可是这里使不上劲儿——”她把手放在心上，“我老了。”

寻常一样窗前月，照得外面亮堂堂的。

他睡着的样子有些孤苦无依，佝偻着身子背向她，像负气又委屈的孩子。

在春天里那个绿色的足球场，他无忧无虑地笑出一口白牙。那天如果她不穿那身衣服，如果她去参加晚宴，如果她不站在围栏网外面，如果她不去惊扰他的纯真……

她坐起来，端详他熟睡的脸庞，心如潮涌。

她远远超过他的那些岁月造成的距离，这个少年是那么努力地用尽自己的速度追赶着，而现在，也让她掉转头来，努力地跑向他吧。

她轻轻地拉着他的手：等等我。

8

程序要她输入数字，她要选择易换的那个岁数。

手指微微在抖，千万不能输错了，她按了一个 1，又按了一个 9。

确定？

确定，19 岁是她无比确定的、最好的年时。

19 岁的心，饱满丰润，新鲜的淡粉红色，柔嫩如初荷的花瓣。

她看到自己 19 岁的样子，马尾巴，白 T 恤，及膝的背带牛仔裙，坐在图书馆的位子上一遍一遍地，写一个人的名字。那张纸，密密麻麻地写了上百遍那个人的名字的纸，她折成心的形状，亲了亲，放在牛仔裙胸前的口袋里。她高高兴兴地去上课、打饭、看球、发呆，她隔两分钟低下头按一下口袋，确定它在。睡了，她把那张纸摊开，抚平折叠的褶皱，无声地诵读着。她仰躺着，写满名字的纸覆盖在脸上，她呼吸着他。上百个他的名字藏在木棉枕头下面，那么她今夜的梦，就全是他，全是他。

他在诗里写，“希望逢着一位穿着金色衣裳的姑娘，因为那是雅典娜的光芒”，她就满城去找金色的衣裳，亮闪闪地穿在身上；他在诗里写，“他的女神有着海藻一样的头发，在树林间越飘越长”，她就去理发店里烫了头发，在最热的天气里也强忍着乱蓬蓬地披在肩上。因为他说法语的发音那么美妙，她就毫不犹豫地旷课去外语系听“法语基础”。他说笋干和花生米一起吃有春天的味道，她就每顿饭只吃这两样，还幸福地觉得自己正以春天佐餐。

他三十岁的生日，她提前一年就开始准备礼物。全部是自己动手做的。一个刻着他名字的陶瓷杯，为此她在工坊学了两个月，手都磨破了一层皮；一本手抄的他的诗集，用微微泛黄的暗纹纸，插图是请艺术系的同学画的，字是秀丽的小楷，每首诗她都在练习本上抄了几遍，练熟了再屏着气正式誊抄；还有那张 CD，他肯定会非常惊喜，这个花时间心思最多，她把攒下的三千块压岁钱都投在上面了。五首诗，请人谱曲配乐唱出来，有两首的主音吉他还是她弹的，虽然录音现场很多杂音，但是她每听一次就感动得哭一次。

还有一条手织的羊毛围巾，优雅的乌檀木黑，他在博客的照片上穿着一件白毛衣，这颜色会很配搭，她把自己的一绺长发也织了进去，悄悄地，看不出来。他说他那里的冬天特别冷，她就贪心起来，尽可能织得宽阔漫长，就像一张小被子，她要给他最温暖的。她在他生日前两天请了假，背着一个小背包去找他。两千多公里，27 个小时的硬座火车，冬天。她的小背包很轻巧，却又那么贵重，好像全世界的宝贝都在里面。

无论经过了什么，都无改那个夜晚自身的美丽。皑皑的雪野，最便宜的那种烟花，滋滋滋地在戴着彩色毛线手套的手中绽放，街道上每一个屋顶都积聚着轮廓圆融的雪，满是霜花的窗亮着灯，它们都是童话里的小屋，里面住着善良的精灵。他用舌尖舔化了她睫毛上的雪丝，他的鼻尖凉凉的，他的唇凉凉的。她的第一次是在窄小的旧办公桌上，暖气不足，可是她热得想继续脱光，她的比黑夜还宽广的大羊毛围巾温柔地托在腰下，桌子上的保温杯在震颤，文件夹在震颤，她的牙齿和灵魂都在震颤，而窗外的夜晚，雪地反射出的白光是那么晶莹。

其实，在旁人眼里也就是段狗血的剧情。

30 岁偶尔写诗和博客、有悍妻幼子的副科级科员的一段艳遇。是的，他有很多段用以调剂无聊机关生活、沉闷家庭生活并且诱发创作灵感的艳遇，19 岁女大学生这节，不过是那杆甘蔗里的一段。

他送给她几本自费印的诗集，分手的时候还为她写了一首诗，痛彻心扉地写：美丽的爱情如此奢侈，我惊觉超出了自己的支付能力 / 贫寒老迈的心啊，就这样在冬夜死去。

她大病了一场，病愈之后又去了一趟那个城市，又走了一遍那条街道，没有雪和灯光，没有童话和精灵。她边走边哭，没有人问上一句，连载客的三轮摩托车司机都没问。

不过这已经是 20 岁的事了，那年的心一定碎得很烂吧，过去了。

可是一切没发生之前，19 岁那年的心，还是好好的。现在她知道那是有生之年最好的。

再一次深呼吸，长按 10 秒，确定。

屏幕提示：您已易换成功，19岁的心将于24小时之内在您体内启动。

她松口气，抬起食指，忽见食指第一关节处隐隐有圈淡金色的细痕，好像戴了个金色的花环。怎么回事？

林先生笑说，那是动过时间的指头，总得留个记号。

9

高大伟回了趟北京，电话里语气轻松，让她放心，他自会处理好一切。

她要好好迎接他回来，让他知道她不同了。

他回来的这晚，她准备了美味的晚餐，桌布和碗碟都是新买的，一样一样地摆上来，他目不转睛地看着。

“不是说烛光晚餐吗？”

“当然，急什么。”她含笑说，从冰箱里取出一只长方形的冰盒，剥开盒体，现出平平整整剔透玲珑的一座冰块，冰块里面琥珀般凝住一枝半开的红玫瑰。

他忍不住“哇”了一声。

她动作优美地拿出一支威士忌，咕咚咕咚地尽数倾倒在冰块上，转头要他熄灯，一手按了打火机，火苗唰地变成火焰，冰块迅疾融化着，美得让人窒息，那玫瑰花瓣在冰与火中一点点地盛开——

高大伟的电话响了。

“等等，接个电话。”

等他接完电话，最美的一瞬已经落幕，她有些微的扫兴。

“我都关机了，是你说两个人在一起的时候要关机的。”

“叶康成的电话，他说有急事找你。”

“不管他。”

“别把关系搞得太僵，毕竟以后还要合作的。”

“我知道他有什么急事，有个外地的大客户想捐一笔款子到基金会。”

“这是好事啊。”

“这是不可能的事，别忘了基金会是以我和叶康成的婚礼为名义成立的。”

高大伟若有所思。

“不管他了，我要唱一首歌给你听啊。”她往卧室去，回头神秘一笑，不多会儿听见几声琴弦响动，她抱着吉他慢慢唱。

在这月凉如水的夜，你依偎在我的身边。这风儿吹得缠绵，可明天就要离别。啊，相爱的人啊，不要告别。啊，心爱的人啊，在这月凉如水的夜……

他很响很使劲地拍着巴掌：“哇，你还会唱歌，还会弹吉他！”

“以前学过，老早老早了，十多年没碰过了。”

“弹得不错，真不错。”

“你还记得这首歌吗？”

“挺熟的——”

“我们第一次见面的时候，草地上有人弹吉他唱的。”

“哦，对啊对啊。”

“你知道吗，我一直很想知道这是什么歌，那天偶然从电台里听到，第一句，第一句就听哭了——”

“其实我在想基金会那件事挺有意义，对我们，对社会，对以后的发展都挺有意义。”

“我不想干了，想把厂卖了。你以前不是总劝我吗？其实钱也够花了，趁年轻咱们去旅游，去看看外面的世界。”

“把厂卖了？”

“嗯，放风出去，没料到想接手的人还不少。”

“你太冲动了，这么多年的经营怎么能说卖就卖呢？你要是觉得辛苦，还有我呢，我们可以一起努力啊，把规模做大，做成品牌，做成上市企业。趁年轻打好事业的根基，这个世界的真理是，必须强大。”

“你真的这样想吗？”

“当然，我甚至想，你和叶康成假办一场婚礼也可以，我不介意，只要结果是双赢，形式上的东西也就是那么回事儿，成大事者不纠结嘛。”

“大伟，你怎么了？”

“呵呵，觉得我有变化是吗？人不会永远那么幼稚的，我会进步、会成熟的，相信我，我不会让你失望的。”

他得意地笑笑，眼神自负又精明。

她拉过他的手，不经意地察看，右手食指的第一关节处，隐隐有圈淡金色的细痕，好像戴了个金色的花环。傻孩子。

“歌还没唱完呢——”

她低下头拨弦，继续唱呵唱呵。

原谅我最爱的爱人，我不会说蜜语甜言。原谅我最爱的爱人，我总是沉默寡言。啊相爱的人啊，啊不用告别啊，啊心爱的人啊，在这月凉如水的夜。

眼泪不断地涌出来，落在弦上，纷纷地，却轻得没有声响。

唉，她现在是这么容易落泪，19岁的心啊。

适婚对象数据库

by 曹畅洲

作家，文艺圈高以翔

“是啊，我和俊一分手了。”早织坐在离家不远处的一间名为“觉”的高档咖啡馆里，一边对着笔记本电脑编辑作者发来的稿件，一边通过手机对打电话来表示关心的闺蜜说道。

“没什么啦，我已经习惯了。还记得那个我叫他‘青椒叔叔’的律师吗？俊一和他简直一模一样，一边想要寻找适合结婚的对象，一边又对自己的前女友念念不忘。既然如此，那就继续沉浸在回忆中啊，以这样的心态去和新的女人在一起，岂不是对她不负责任？现在的男人怎么都这样……不好意思，麻烦再来一杯半糖拿铁，谢谢。”

“觉”虽然坐落在市中心最热闹的地方，不过只要大门一关上，外面的声音就几乎被全部隔离，配上安佐里纯净的歌声，整个咖啡馆颇有种遗世独立的感觉。也正是因为这样，所以尽管这里的消费对于早织来说并不十分便宜，但她还是坚持选择这里作为平时工作的场所。

“这种事情上，当然是宁缺毋滥的吧。”早织对电话里的闺蜜说道，“我也知道只要稍微降低一下标准就可以找到合适的结婚对象，可是那样还有什么意义呢？所谓婚姻，不正是为了要让生活变得更好而存在的吗？”她接过服务员递来的拿铁，一边把稿件中有语病的地方一一修正，一边对着电话那头灌输着自己一直信奉的观念。从那脱口而出的熟练度来看，想必也已对不同人说过无数次了。

“总而言之，对爱情啊婚姻啊这样的事情，即便没有到绝望的程度，我也早已不抱过多不切实际的憧憬了。对我这个岁数的人而言，分手也不过是难过一下就好了的事，你就放心吧。我还有工作要做，先挂了哦。”

虽然说得轻描淡写，不过所谓“难过一下”恐怕到底还是一种自我催眠的说法吧。早织放下电话，不由得出了会儿神，像是在重审自己刚才的话是否正确，又像是一种单纯的放空。

电脑里传出的一声“叮咚”的提示音把早织拉回了现实，她把手机放回座位旁的包里，点开了提示的信息。

一封新的未读邮件。

“‘适婚对象数据库’？什么啊这是……广告吗？”早织看着屏幕上的标题，露出了疑惑的表情。

“俊一在早织小姐之前有 4 个女朋友，其中和最后一个谈了 4 年，因为家产问题而不得不分手，我说得对吗？”一个陌生男人的声音突然从对面座位传来，吓得早织差点叫了出来。她抬头一看，不知何时，对面竟已坐了一个体形微胖、戴着墨镜的黑衣男子。

“你……是谁？”早织实在不记得对面有人来，也许是自己刚才一边工作一边打电话，太过投入了而没注意?

“俊一的身高是178厘米，和早织小姐的165厘米其实算是正好相配。”黑衣男子并没有回答早织的话，兀自说了下去，“你们的性格虽然不是特别天造地设的那种类型，不过就平淡过日子而言，也没有什么太大的问题。不过，除了对于前女友的执念太强以外，家庭的成长环境也是一个不小的障碍。俊一的父亲是政府议员，从小对俊一实行特别严厉的管教，许多事情即使俊一并不认同，也只能听从父亲的指示，会给人一种没有主见的感觉，恐怕这一点也是令早织小姐困扰的一大因素。综合来说，俊一对于早织小姐而言，100 分满分的前提下，适婚指数为 67 分，并不是十分突出的分数。这样看来，和他分手还算是一个合理的决定。”

“……”早织一动不动地坐在座位上，不知该说些什么。虽然这种斩钉截铁的语气令人不快，不过无法否认的是，这个怪人说的确实全都是事实。

“你在想我为什么知道这些？”黑衣男子笑着说，“打开那封邮件就知道了。”

“邮件……‘适婚对象数据库’？”

“没错，那是我们的最新产品。分析每一个人的特点，再针对目标客户进行精准的评分，以此来判定他们在多大的程度上适合与早织小姐结婚。我们坚信，这世间的一切都是可以用数字来量化的，婚姻的幸福也是如此，一定有一种计算方式可以算出针对每个人而言的最完美结婚人选，而这就是我们的最终成果。如果不相信的话，早织小姐可以先打开软件试试看。”

早织将信将疑地安装了软件，打开以后看着密密麻麻却又条理清晰的界面，感到目不暇接。

如同表格一般的界面中，最左边一列井井有条地罗列着无数个名字。而在第一行的“姓名”栏后面，则依次排列着“年龄”“身高”“外貌”“家境”“住址”“忠诚度”“综合指数”等选项，在每一个名字后都在这些栏目中有着各自的评分，一时间令人眼花缭乱。

“点击每一个项目，就可以以该项目的评分从高到低排列。”黑衣男子如中学老师一般耐心教导着。

早织试着点了一下“住址”栏，果然，重新排列后的名字，第一位就是自己的邻居中田先生，双击他的名字，弹出了包括照片在内的具体个人资料，与自己所了解的中田先生几乎一模一样。因为他已经 40 多岁，并且早已结婚的缘故，和早织的适婚指数只有 22 分。

“简直不可思议……”早织不禁感叹这惊人的准确度。

“出于保护隐私的考虑，对于每个人的过往经历尽可能地简略，而只着重给出相应的分数。按照这个数据库所推荐的最高分人选进行交往，就能获得一生中最佳的婚姻。不过如果早织小姐愿意，也可以选择自己所看中的特定项目中评分最高的人进行交往。比如说……”

说着黑衣男子走到早织旁边，在“外貌”栏点击了一下，并且打开了排名第一的“真夏智久”的资料，说：“你看，这是山下智久的原名，虽然日本的男艺人数不胜数，不过在早织小姐的心里，外貌排名第一的还是非他莫属，只是由于巨大的身份差距，你们的适婚指数只有 6 分。”

“连他都在数据库里啊……”早织不禁感叹道。

“我们的数据库可是囊括所有人的哦，早织小姐如果有兴趣，甚至还可以点击‘性别’，搜索所有女性与您的适婚指数呢，哈哈哈。总之，希望您能够用它找到属于自己的幸福，先告辞啦。”

“慢点！……”早织的心里还有无数疑问，但是当她的视线从电脑屏幕上移开时，却发现身边早已没有黑衣男子的身影。

——“适婚对象数据库”……也不知道是不是真的呢。

正当早织还沉浸在刚刚发生的奇异经历中时，主编忽然打来了电话，说是出版社那边早织负责的新书出了点问题，要她去一趟。她便暂时放下“数据库”的事情，收起电脑，赶忙前往出版社。

回到家时已是晚上十点多钟。处理完工作上的事情后，稍微吃了点东西就一个人去听了场早就订好票的音乐会。当时并没有感觉到什么，不过一打开家门，看着空荡荡的房间，寂寞就如微风般浮上了早织的心头。对于刚刚失恋的人来说，或许最难忍受的就是这忙碌过后的空闲时刻。

——对于女生来讲，终究还是希望找一个合适的人互相陪伴的呀。

早织躺在床上，望着天花板这样想道。

——对了，那个数据库。

她忽然从床上坐起来。

经过一系列的工作和精彩的音乐会，下午发生的这件怪事已经被早织抛诸脑后了。此刻重新想起来，仿佛捡起了一样差点丢失的重要物品。

——不妨试一试？

和下午比起来，夜深人静的时候，早织的态度也产生了些许变化。

她从包里拿出电脑，迅速打开了软件。本来就不是需要复杂操作的东西，早织现在用起来已经得心应手。

——如果一定要搜索的话……毫无疑问最想知道的是评分最高的人吧。

这样想着，早织点击了“综合指数”，按评分从高到低依次排列。排在第一的有 78 个人，评分全都是 88 分。这意味着在这个世界上，这 78 个人是最适合与自己结婚的人。而评分为 87 的人数则高达 1090 人。看来自己的行情还是不错的。

——不过……怎么最高也就只有 88 分啊……要找一个百分之百与自

己契合的人，果然是不可能的吗……

早织心中犯起了嘀咕，一个一个点开这 78 个人，看看究竟什么样的人，是目前自己最适合结婚的对象。

一个叫作吉田勇作的男人得到了她的注意，这首先是因为那潇洒帅气的照片。固然另外 77 个获得最高分的人也都符合自己的审美标准，不过吉田勇作显然胜人一筹。照片中的他有着桀骜不驯的眼神，与她最喜爱的山下智久颇有几分相似，刚一看到就彻底打动了早织的心。随后早织又发现勇作所住的地方离自己只有十几站路的距离，这不免更让她怦然心动。

——原来自己命中注定的真爱就在那伸手可及的地方啊……

早织忽然感到整个房间都充满了光芒。

第二天是周六，一早起来，早织就将自己仔细打扮了一番，接着按照数据库中显示的地址，坐上了前往勇作家的地铁。一路上她自己都为这样的行动而感到不可思议，居然会因为这不知真假的数据库而做到这种地步。

——姑且试试看吧，毕竟如果他真是我的真命天子的话，要是错过了可要后悔万分的呀。

早织心里是这样对自己说的。

话虽如此，当她真的站在了勇作的家门口时，却迟迟未敢敲门。一只右手悬在半空中，时而做出要敲门的手势，时而又握起了拳头，进退失据。

仔细想想，先不论数据库所说的是否正确，即便真的是勇作，从他的角度看，一个陌生女人忽然来到家门口，声称想认识自己，的确是一件很奇怪的事情吧……可是若不这样，又该怎么办呢？直接告诉他数据库的存在吗？

早织正在勇作的家门口寻思时，那命运的木门忽然打开了。里面的男子正一边提着一袋东西一边回头准备关门，像是正好有事要出门的样子。

“啊”的一声，两人同时叫了出来。

“你是……？”是男人先开口说了话。

——这张脸……的确和数据库里的完全一样。

早织的心忽然剧烈跳动起来。

“我是过来……”

“啊，难道又是来投诉 Daisy 提包的拉链问题的吗……居然都找到我这里来了，真是要叫福岛主管好好注意下了呢，一直这样下去的话，消费者可是会不断流失的啊。”勇作不等早织说完，就独自抱怨起来。

“那个，不是……”早织刚想解释，顿时想起昨天在数据库里确实看见勇作目前的职务是一家时尚用品公司的售后经理，没想到早织手上提着的 Daisy 包正好是这家公司的产品。

“不过真是太不巧了，我现在正赶着要去朋友的乔迁聚会。”勇作手中提着的确实是经过精心包装的礼品盒，“这样吧，我把我的手机号码写给你，你打个电话给我，等我有空了马上回电给你，你看如何？”

还未等早织同意，勇作就从胸前口袋抽出了纸和笔，写了自己的号码后便交给早织。早织在他的催促下拨打了这个号码，勇作口袋里的手机发出悦耳的铃声。

“OK，这样就搞定了。等我今天忙完一定会联系你的，实在不好意思了！”勇作的热情多少使早织有些受宠若惊。不过由于长相是自己喜欢的类型，并且是数据库分析出的最适合与自己结婚的人，早织心中对他的好感不断扩张。尽管还没有想好到时候该如何解释，但她至少已不像之前那样紧张无措了。

当天的傍晚时分，勇作发来消息，邀请早织一同吃晚饭，以此弥补提包质量问题造成的不便。早织虽然欣然应允，不过还是否认了自己是来寻求售后服务的。毕竟她的提包没有任何问题，这样的谎言无论如何也没有办法自圆其说。

“其实我今天是来拜访一位朋友的，只不过好像地址搞错了，才阴差阳错来到了你家门前。”经过一下午的深思熟虑，早织决定还是以这个方式来解释最为稳妥。

“没有关系，既然遇见那就是缘分，况且你也确实用着我们公司的提包，就当认识一个新朋友好了。”

就这样，两人以某种巧合般的机遇认识了。

一个月后，顺理成章地确立了恋爱关系，早织感到前所未有的快乐。

勇作的完美超乎早织的想象，不仅外表迷人，他那热情、开朗的性格也完全符合早织心目中最佳男友的形象。除此以外，勇作还有一副相当机灵的头脑，他告诉早织，自己当初并没有真的觉得她是来投诉产品的，只是因为实在是一见钟情，才急中生智找了这样的话题来要到她的电话号码。听了这话的早织自然喜上眉梢，喜欢的人对自己也一见钟情，无论是谁都会为此而高兴万分吧。

——如此看来，数据库是真的呢。

某一天的晚上，早织约会结束回到家里，突然这么想到。在数据库中显示适婚指数为最高的人，果然是各方面都与自己的理想型一样，并且也同时对自己一见钟情。说不上是出于一种什么样的心理，早织再次打开了适婚对象数据库。也许是为了更深入地了解勇作，也许只是如同在商场中闲逛般随意扫视一番，总之，只是未经深思熟虑的一个随手动作，却因此发生了意料之外的事情。

“这是……”

按照习惯将综合适婚指数从高到低排列，此时的排名状况已与之前有了些许不同。

勇作和当时的另一些高分男人的适婚指数依然是 88 分，然而在他们之前，竟突然出现了一个陌生的名字。

“近藤隆？……适婚指数是……92 分？！”

——一下子比第二名超出了这么多？不记得有过这样的人存在啊……

“人啊，可是会成长变化的哟。”一个熟悉的男人声音从早织身后传来。

“谁？”早织慌忙转过身去，只见那个出售数据库的黑衣男子此刻正坐在早织房间里的沙发上。

“你什么时候进来的？”早织问道。

“不同的人在不同的时间，因为经历过了不同的事件，自己的条件、性格和世界观也会发生变化，就连早织小姐自己也是一样哦。”黑衣男子依然和上次一样，对早织的提问置之不理，“因此，软件中的数据会根据这些变化而随时进行更新，在不同的时刻打开，其中的数据和之前相比都会有所变化。看来这位近藤先生，最近发生了一件非常契合早织小姐的事情呢。”

说着，黑衣男子笑着从沙发上站了起来。

“不过早织小姐是已经有男朋友的人，所以应该怎么做，还是要考虑清楚哟。那么，就祝你好运啦。”

话音刚落，他就离开了早织的房间。待她再追出去时，早已无影无踪。

“近藤隆……”早织一边思索着，一边坐回了自己的座位。

由于数据库的系统采用了百分制，而世界上的男人千千万万，因此，哪怕仅仅是 1 分的差异实际上都有很大的不同，更何况这位近藤先生一下子比排名第二的勇作等人高出了 4 分之多，在和勇作相处已经十分顺利的情况下，实在难以想象比他还要高出 4 分的近藤究竟是个什么样的人。早织怀着好奇的心理打开了近藤的资料。

——原来如此，近藤先生自己创立的公司在上个月获得了突破性的进展，同时也因为一些性格上的不合适而和女朋友分了手，这才一下子蹿升到了这么高的分数。

早织看着照片上的近藤隆渐渐出了神。从单纯的外貌上来说，他并没有勇作那么吸引人，不过，在他那成熟睿智的双眼背后，似乎有更为深邃和强大的魅力正如同旋涡一般将早织卷入了危险的情感丛林。

——仔细一想的话，不觉得勇作确实缺少了一些成熟男人该有的志向和事业心吗……

早织望向屏幕的眼神中，透出了一丝不易察觉的凛冽。

“明天我要去 K 市参加出版行业大会，这个周末没有办法见面了哦。”

周五这天，早织对勇作说了早已准备好的谎言。利用这个周末的时间，前往近藤隆所在的 K 市找机会认识他。毕竟那可是适婚指数 92 分的超高分人选啊，何况只是认识一下的话，也算不上是对勇作的背叛吧？

以这样的方式，早织完全说服了自己。

“好的，路上注意安全。”勇作完全没有察觉到早织的不同。

女人要向男人隐瞒些什么，也许真的是一件再容易不过的事情了吧。

飞机渐渐起飞，早织拿出一本《感想与风景》，用以在旅途中消遣。

不过她满脑子都是关于近藤和勇作之间的事，怎么也无法读进去。

——为了他做到这样的地步，真的好吗？

早织自己仍在做着思想斗争，但飞机已经无法回头地进入了云间。

“你也喜欢横光利一吗？”座位旁忽然传来一位男子的声音。

早织转过头去，旁边的男人正看着自己手中的书如此发问道。

“啊，是啊，”她笑着说道，“正好最近比较喜欢他的文字，就拿了一本在飞机上读。”

“现在喜欢他的人不是很多了，”男人说，“虽然是‘新感觉派’的代表人物，不过随着这个派别的没落，愿意静下心来读他的人也越来越少了。”

虽然看上去有些学究气，不过这个人的整个气质倒是自己欣赏的类型。早织顺势与他在飞机上攀谈了起来，并且还交换了手机号码。

“早织啊……真是个好听的名字呢。”这个叫作浅野亮的人说道。

“谢谢夸奖。”早织说。

一番愉快的对话过后，浅野亮就在座位上睡着了。早织看着她，一股强烈的好奇心涌上心头，她翻开旅行包，拿出电脑，打开了适婚对象数据库，输入了浅野亮的名字。

——什么啊，才 79 分……

只是看了眼综合指数，早织就一下子兴趣全无了。她关上了电脑，生气自己刚才差点为这个 79 分的男人动了心。

——真不知道那个 92 分的人究竟是什么样子啊。

经历了这一番小小的艳遇，反而令早织更加坚定了这次旅程的决心，同时也对那个叫近藤隆的男人有了更多的期待。

“我有件事想对你说。”

勇作和早织所见的最后一面是在一家他们常去的餐厅。

“说吧。”勇作似乎也猜到了早织的想法。

“我们分手吧。”

“果然，”勇作叹了口气，“是我做得还不够好吗？”

早织摇摇头，说：“是我喜欢上别人了。”

勇作沉默良久，看上去十分失落。

“那么，就祝你们幸福吧。”说完他就起身结了账，独自一人离开了餐厅。

早织喜欢上的所谓“别人”，不消说，正是前些日子刚刚在 K 市认识的近藤隆。由于和朋友一起成立了创业公司，并且在当地发展得有声有色，因此在网上很容易就可以得到他的行程信息和社交网站的账号，一段时间的交流以后，两人顺利——不如说是“正如早织所料”地——见了面，直到最终确立了恋人关系，早织立刻就对勇作提出了分手。

一开始还觉得自己这样做很下贱，不过仔细想想的话，在恋爱的过程中，不断地尝试更适合自己的人，不正是天经地义的事情吗？虽然看上去对勇作很残忍，不过为了自己的真爱，这也是没有办法的事情。

“今天有空一起吃晚饭吗？”那天在飞机上认识的浅野亮也时不时地发消息给早织，虽然平时聊天算是比较愉快，不过她却从来没有应过他的约。

——毕竟只是 79 分的男人啊。

早织心里这么想道。在她眼里，似乎现在没有人能够比得上她那高达 92 分的完美恋人，在某种程度上，也许也算是一种忠诚。早织每天刷新着数据库，看着列表上适婚指数排名最高的男人已经成为了自己的男友，一种如同君临天下般的骄傲便席卷了她的全身。 ——我是这个世界上最幸福的女人，因为只有我找到了真爱。

早织沉醉在恋爱的快乐里无可自拔。

近藤隆确实是十分适合早织的男人。比起勇作来，他更成熟、稳重，充满男人魅力。更可贵的是，新创立的公司正在以火箭般的速度在行业内高速发展着，收入也飞快地在增长。按照这样的势头下去，无论是将来早织去 K 市居住，抑或是近藤来东京买房，都没有经济上的问题。像早织这样的职业女性，比起对自己好的男人而言，大多更希望嫁给一个事业上更成功的人，更何况近藤虽然事务繁忙，但也总能抽空陪伴早织，比起勇作来在情感上丝毫没有更冷淡的感觉。

可以说是水到渠成的，两个人在交往半年之后订了婚，并决定将婚礼定于一年之后的同一天。他们一起畅想婚礼、蜜月的计划，稍微闲下来时还抽空去东京寻找适合作为新居的房子，虽然还没有确定最终的方案，不过一切看上去都只是时间问题而已。

然而在这个时候，发生了一件意料之外的事情。

近藤隆发现公司的合伙人一直以来都在擅自挪用投资方的资金作为私用，为了公司的声誉考虑，这件事情不能对外声张，只能私下与合伙人谈判。然而合伙人早已为自己铺好了后路，完全没有继续好好把公司经营下去的斗志，只想着从中谋取足够的私利后一走了之。整个公司如同一颗正在腐烂的苹果，陷入了巨大的危机。近藤为了解决这件事情忙得焦头烂额，整天待在公司里，连和早织打个电话的时间也没有。早织抽空去 K 市时发现他几乎很少回家，常常只在家里睡四个小时，起身又前往公司，甚至有时还直接睡在办公室里。那段时间里，早织一下子从即将结婚的甜蜜跌入了谷底。

起先早织觉得这只是一时的困难，哪怕近藤对她如此冷落也不以为意，更何况身为一个独立的职业女性，在未婚夫身陷事业困境而自己又完全帮不上忙时，不打扰、不闹脾气或许是她最应该做的事情，早织心里十分清楚这一点。然而当近藤提出延迟婚礼的建议时，早织的心里还是冒出了一股无名之火。

“不行！”她十分坚定地说，“这可是我期待一生的事情。”

“但是现在我真的没有精力准备这些，”电话那头的近藤听上去也很无奈，“除此以外，我们的公司即将面临破产了。不仅是结婚的问题，我们今后的生活恐怕也不能像之前那样挥霍了，这点希望你能做好心理准备。不过也请你相信我，会很快东山再起的。”

早织听到这话，只觉两眼一花。

——什么啊，这样的事都解决不了……

其实早织自己也不太清楚近藤面临的是多么艰难的处境，只是从结果来看，财富骤减、婚礼推迟对自己都是如五雷轰顶般的打击，让她有史以来第一次对近藤产生了厌恶的感觉。他平时生活中的所有小缺点此刻如气泡般浮现在早织的脑中，不断膨胀。她越想越气，越来越觉得这个男人令自己失望透顶。

如果是曾经的早织，或许冲动过后还是会做出理智的选择，不过现在的她所想到的第一件事，却是打开自己的电脑，找到适婚对象数据库……

“果然，适婚指数降到86分了。”早织皱起了眉毛，暗自思忖道，“前面那么多87分和88分的，也都是之前没有见过的新面孔呢……”

早织的眼神中忽然露出了似曾相识的凛冽。

——等你东山再起？我可等不起了啊。前面还有那么多高分男人等着我呢。

她心想。

“那么，婚礼也不用推迟了，”早织在电话里回答近藤，“我们分手吧。”

对方沉默了半晌，似乎从来没有料到早织会做出这样的回答。

“你真的这样决定了吗？”

“是的，很抱歉，希望你能够早日东山再起。”

早织摘下近藤送给自己的订婚戒指，挂断了电话，不给他任何解释的机会。

近藤也没有打来任何试图挽回的电话，从性格上来说，这也是他和勇作不一样的地方。

——那可真是太好了，避免了许多不必要的麻烦。

早织舒了一口气，能够一点也不拖泥带水地抛弃不合适的结婚对象，投入下一段更适合自己的感情中去，无疑对自己是一件有利的事情。她起身倒了一杯水，让自己的心情从刚才的大起大落中渐渐平复。

一个悠长的深呼吸后，早织坐回了自己的座位，准备依葫芦画瓢，继续寻找新的适婚对象。连续两次的成功让她相信在感情的游戏中，由于有数据库的帮忙，她已经可以做到百战不殆。怀着这样的自信，她重新审视了一遍最高分的人员名单，却发现了一件奇怪的事情。

所有人的适婚指数都变成了 0 分。

“怎么回事？软件坏了吗？”一种不好的预感如蜘蛛一般爬上了早织的心头。

“看来你已经失去使用这个软件的资格了呢。”熟悉的黑衣男子的声音再次传来，这一次他坐在早织放电脑的写字台旁。

“什么意思？”

“这个数据库只会推荐给有资格使用的人。当初你一心想着结婚，自己本身的条件也十分适合结婚，才成为了有资格者。然而现在你的心态已经发生了可怕的改变，永远想要评分最高的那一个，无法接受身边人的任何一个缺点，一旦有更高的评分者出现就考虑抛弃现任、投奔他人。在这样的心态下，无论遇见谁，你的婚姻都是不会幸福的呀。很遗憾，我们必须收回你的使用资格了。”

“怎么会……”早织一时无法接受这样的现实，“请你千万不要这么做！再给我一次机会，我一定会好好珍惜的！拜托了！”

“先学会如何做好自己，珍惜缘分中的人，再去想别的事吧！”说完，黑衣男子就带着坏笑消失在了早织的视线里。电脑屏幕里也全无数据库的痕迹，一切都像未曾发生过似的被清空得干干净净。

“怎么会这样……”早织跪坐在地上，觉得仿佛坠入万丈悬崖。

就像找到救命稻草般，她忽然拿起手机，拨打了近藤和勇作的号码，不过都已经被对方设置了黑名单。

——我的为人，好像还真是很差啊……

早织望着空荡荡的电脑屏幕，胸口一起一伏，不断隐忍，最终在一个没有任何意义的时刻，“哇”的一声大哭起来，像要刺破整个夜空。

“这位客人，您怎么了？”

耳边是一个曾经熟悉但却想不起来是谁的声音。眼前却是一片黑暗。

朦胧间，黑暗渐渐化开。早织的眼前，是情调别致的“觉”咖啡馆，唱片机中的安佐里还在悠悠地唱着“愿你于风暴中得到庇护，于寒夜中得到温暖”……

意识清醒之后，她发现自己手里还拿着手机，眼前的电脑也没有任何新的邮件。

“什么啊……是梦吗？”她自言自语道。——是在和闺蜜打完电话后睡着的吗……

“看来是做了个噩梦呢。”身边的服务员见状说道。

“啊，是啊……给你们带来麻烦了，不好意思。”早织转过头去向服务员说道。

“没有关系，看来客人您工作的时候也要适当注意下休息呢。”服务员说着就准备转身离开。

“谢谢……”早织一边回答，一边在脑中回忆些什么。

——这个声音……总觉得在哪里听过。

忽然她的眼睛瞥见了服务员胸前的名牌：

“浅野亮。”

一时间无数回忆（或许并不能称之为回忆）涌上早织的心头。刚才做的梦，难道都是真的？早织毫无头绪，像在森林中迷路的河童一样，陷入了混乱。

“先学会如何做好自己，珍惜缘分中的人，再去想别的事吧！”梦中黑衣男子的声音从这种混乱中清晰地冲了出来，在她的森林中指引了确切的方向。

——珍惜缘分中的人吗……

“请稍等一下。”早织忽然叫道。

“哎？”服务员回过头来。

“请问一下，这里可借阅的书里，有没有横光利一的书呢？”

服务员听到这个名字，眼中好像放出了光：“你也喜欢横光利一吗？”

一个带着坏笑的黑衣男子走出咖啡馆，身后的音乐还在缓缓播放着：

愿你于风暴中得到庇护
于寒夜中得到温暖
当雪花飘落
愿你已学会爱情
这是我最真挚的祝福

Playground

所谓婚姻，
不正是为了要让生活
变得更好而存在的吗？

星际邮件

by 陈谌

青年作家，吉他手

1

公元 5408 年 7 月 27 日，那是艾尔塔 18 岁的第二天，也是他第一次收到蔚佳回信的日子。

这原本只是平淡无奇的一天，对艾尔塔而言，生日其实并没有什么意义，没有家人的祝福，也没有蛋糕或是蜡烛，在他的记忆里，这不过是一个冰冷的日期，用来记录他从生产线上被创造出来已经多少个年头而已。

所谓生产线，是“人类殖民计划”的产物。一千多年前，当地球的末日最终到来时，这个计划便自动开启了，无数飞行器搭载的人类火种被发射到太空中，在漫无边际的黑暗宇宙里漂流着，寻找宜居的星球，但只有极少数飞行器最终可以着陆，绝大多数都无法逃离被复杂宇宙环境摧毁的命运，或是就这么永无尽头地飞行下去。

艾尔塔生活的星球叫作“Foreignland”，也就是“异乡”，三百年前被发现。那个幸运的飞行器着陆后，依照程序搭建起了基础建筑，激活的机器人将第一批人类从试管中培育了出来，并教授他们基础知识，当他们长大后，便在这个星球上繁衍生息，依据飞行器里事先保存好的资料着手恢复人类文明。

“人类殖民计划”中所采用的基因都是经过筛选的，全部源于当时地球上各方面最顶尖的人才，这也是“异乡”上的第一批人类能够如此快地习得语言以及各种生存技能的原因。但无论他们以及他们的后代怎样努力，三百年来人类文明也只恢复到公元 2200 年左右的水平，毕竟许多尖端技术无法通过资料完整保存，一切都必须从零开始。

然而随着时间的推移，当“异乡”上开始出现国家与政权，一切都变得不一样了，人类被划分成了不同的群体，相互争夺星球上有限的土地与资源，甚至开始爆发战争，自相残杀。由于战争需要更多的军队与人才，人类自然繁衍的速度已经无法满足需求，于是三百年前用于批量生产人类的生产线被再次秘密启用了，艾尔塔就是其中的一个产物，由冷冻库中随机提取出的精子和卵子结合而成，移植到人造子宫内生长 10 个月后，再从营养液中取出。

这正是艾尔塔痛恨生日的原因，一个生命的诞生原本应该是伴随着温馨与希望的，然而这个世界并没有给他家与爱。在福利院中的早年岁月是他不愿回忆的往事，身材矮小的他受尽了同伴的欺侮，只能一个人躲在角落里摆弄着一台早已被淘汰的计算机。不知是天赋还是基因的作用，无师自通的他年纪轻轻就成为了一名黑客，成功黑进过许多国家的政府主机，却从未被追踪到。然而他这么做并没有什么目的性，一直被同龄人孤立的他或许只是想把互联网作为自己的玩具罢了。

作为自出生就被国家预定的孩子之一，艾尔塔 16 岁本该被强制入伍，但他却在此之前逃走了。借助他顶尖的黑客能力，在一天深夜，他用那台破旧的电脑关掉了整个福利院的警戒系统，翻墙逃离了那里。随后他风餐露宿地流浪了很久，最终在一个偏远的城市找到了一个昏暗的地下室，租住在了那里，一待就是两年。

起初对艾尔塔而言，钱是最大的难题，从福利院出来的他不仅没有钱，还没有任何谋生的手段，唯一的身家只有他带出来的那台破电脑。后来迫于生计，他开始做一些违法的生意，依靠自己擅长的黑客技术盗取一些虚拟的物品、用户的资料等等，转手卖给别人。然而他并不对此感到羞愧，从小没有得到过爱的他，对这个世界的善恶美丑并不懂得分辨，他只知道要活下去，不管采用什么样的方式。

在一个百无聊赖的夜晚，艾尔塔顺利黑进了国家航天局的系统，并在里面发现了一串代码。这串代码属于一个早已在上个世纪就被遗弃的通信卫星，他发现这个卫星仅仅只是过时了而已，它的功能依然没有损坏，对操作指令还有反应。这让他兴奋不已，心想这个东西如果能转手卖掉，应该能大赚一笔。

可尽管在电脑方面艾尔塔是个天才，但卫星这个东西对他来说还是太过陌生了，他花了很多时间摆弄它，三百六十度转向，发出信息，最后也没得到任何的反应。这不禁让他感到有些失望，只好将它先丢在一旁。

没想到一个月后的这天，当艾尔塔回到住所打开电脑的时候，却发现自己收到了一条信息。打开后是一行看不懂的乱码，他用语言翻译系统一翻译后，不禁吓出了一身冷汗。屏幕上赫然写着一行字“你好，我叫蔚佳”。

2

艾尔塔盯着这句话足足愣了有十分钟没有缓过神来：蔚佳，谁是蔚佳？她怎么追踪到我的地址的？自从他成为黑客以来，还没有人能够直接定位到他的 IP，这不免让他感到有些手足无措。

然而在查询了一下信息的来源之后，他却松了口气，这条信息居然是来自那个报废的通信卫星，一个月前他摆弄了它一番之后，用它往外发射过几条问候的信息，没想到现在居然收到回音了。只是这反射弧也太长了一些吧，怎么可能过了一个月后才有回应呢？这个蔚佳究竟来自何方呢？

调取了卫星的运行记录后，艾尔塔的下巴几乎都要掉下来了。这条信息并不来自“异乡”，而是来自外太空，准确地说是赤经 8h36m56.3s 赤纬 38° 47'01" 方位。艾尔塔估算了一下，如果她收到信息后第一时间就回复了他，那么她和艾尔塔之间的距离差不多应该有 4000 亿公里那么远，用光速要足足走半个月才能到。

平复了一下心情后，艾尔塔心中的疑惑不禁开始蔓延开来。第一，这个蔚佳究竟是谁？她能收到信息说明她也是智慧生命，但她怎么会理解他所发过去的语言呢？第二，她究竟是如何反向定位到他的位置，并将信息发回卫星之中的呢，难道她属于什么更高级的文明吗？

带着诸多的疑问，艾尔塔着手写起了一封很长的邮件。对他而言这并不是一件容易的事，毕竟从小到大他都没有怎么和除了计算机以外的东西交流过，写程序他确实很在行，但和人聊天他是真不会。

在写了删，删了写之后，他终于憋出了一封蹩脚的邮件。里面简要地介绍了一下“异乡”的状况，例如它绕着一颗名叫“Apollo”的恒星公转，自转速度很慢，没有四季变化等等。写完之后他调整了卫星的角度，然后将它发了出去。做完这一切后艾尔塔莫名地感到几分轻松，还有几分惬意。这是他这么久以来第一次觉得有些激动，虽然并不知道对方的身份，但他从未想到原来和人聊天是一件如此开心的事情。

然而激动过后，艾尔塔又陷入一种无以名状的孤独之中，毕竟对方不可能马上回复他，这一等又要过整整一个月。他躺在床上环顾了一下自己昏暗的地下室，回想自己从小到大的这些经历，不免开始怀疑起自己的人生来。自己原本只是一个批量生产的产品，存在的意义就是为战争服务的，但逃离这一切后，却发现人生并没有因此而产生更多的意义，他对此感到绝望，甚至愤怒，却无能为力。

他曾听说，很久很久以前，当人类还居住在地球上时，虽然也有战乱与饥荒，但那里始终有一种名叫“爱”的东西，人们赞美它，歌颂它，甚至愿意为了它抛下一切。然而随着地球的毁灭，“爱”并没有被保存在任何资料里并带到这个地方来，第一批人类在“异乡”扎根后，他们所有的行为都是为了延续人类文明，这里一切的结合都只是为了繁衍生息。

或许这是一种并不存在的情感吧，毕竟它太过遥远，遥远得仿佛是一个并不真实的传说，就像这不知从何而来的蔚佳，如空气一般捉摸不定，你甚至都无法断定这是否只是一个无聊的玩笑。

3

一个月后，蔚佳准时回信了。

这封邮件很长，长到艾尔塔都有点难以置信，他足足看了半个小时才将它读完。原来蔚佳他们也是“人类殖民计划”中幸运延续下来的人类文明。他们的星球叫作“蔚蓝”，是一颗 90% 的面积都被海洋覆盖的蓝色星球，由于飞行器找到它的时间比“异乡”早两百多年，他们的科技已经发展到公元 3000 年以后的水平，这也是为什么她能够准确定位艾尔塔位置的原因。

蔚佳在邮件中非常激动，她说由于“蔚蓝”上的土地有限，人口一直控制得非常少，以至于每家每户都能够拥有自己独立的通信卫星。那天蔚佳收到艾尔塔的信息时，简直不敢相信自己的眼睛，因为她的计算机是可以自动翻译并且显示语言来源的，因此她立刻就知道这是一条来自人类同胞的问候，这让她兴奋了一整天，但由于不知道对方的状况，只好回一句“你好，我叫蔚佳”。

蔚佳说她是一个女孩，今年 16 岁，和父母还有姐姐住在一起。她家住在一座岛上，四面都是海，家里还养了一只宠物，叫作“伊墨苏斯”——这是“蔚蓝”上的一种海洋生物，全身长着柔顺的长毛，很温顺。她还说，他们星球的工业文明已经很发达了，一切生产生活都已经全部机械化，他们一家人过着很安逸的生活。她平时除了通过互联网学习知识，还喜欢弹弹钢琴——一种曾经失传的乐器，人们通过飞行器里残存的资料成功复制了出来。

看到这里，艾尔塔受到了深深的震撼，他从未想过在另一个星球上，人类居然以一种完全不同的面貌在生活着。蔚佳信中所描述的关于“蔚蓝”的一切，艾尔塔单凭大脑都无法去想象。对他而言，理解“音乐”都是非常困难的一件事情，毕竟“异乡”上没有艺术。三百年前当他们的飞行器第一次着陆时，所有关于艺术的资料就已经全部被损坏了，因此他从小到大甚至没有听过一首歌。

当他读完蔚佳的这封信后，仿佛是做了一个很长很长的梦。梦里有着他所触碰不到的生活，以及关于美好的想象。可这一切却又是如此遥远，这遥远不仅仅是一个比喻，而是实实在在的距离，毕竟4000亿公里不是一个可以用思维去丈量的长度。

在回信的时候，艾尔塔把自己的这种羡慕与遗憾都写在了里头，这一封邮件的语言组织得依旧蹩脚，但却明显比上次要顺畅得多了。这是他第一次试着把自己的情感融入字里行间，他对蔚佳描述了自己的生活，还有关于“异乡”上所发生着的一切的困惑。

在信的最后，艾尔塔加上了一句“盼尽快回信”，然后点了发送。可发完后他又有些后悔，觉得这真是一句多余而可笑的话，毕竟再快又能快到哪去呢，光已经是这个世界上走得最快的一样东西了呢。

4

于是艾尔塔和蔚佳就这样成了“笔友”，在茫茫宇宙中隔空对话，时间是他们的邮差。

由于他们一个月只能聊一次，因此他们都会努力把信写得很长，这样可以保证聊天的内容尽量丰富。毕竟一个月时间说长不长，说短也不短，他们都能体会等待的过程是非常让人心焦的。

起初两个人聊的内容都是关于彼此星球的一些状况，因为他们对对方的星球都有着强烈的好奇心。但随着时间的推移，他们聊天的内容也开始变得宽泛起来，艾尔塔会和蔚佳聊起自己做黑客的一些趣事，而蔚佳则会给艾尔塔解释艺术的含义，比如音乐究竟是什么，它存在的意义是什么。

艾尔塔原本想让蔚佳把音乐甚至是一些“蔚蓝”上的图片发到自己这里来，但是由于两个星球间的距离太过遥远，太大的文件是无法顺利发送的，因此他们依然只能通过简单的文字来进行交流。

时间过得飞快，不知不觉一年过去了，艾尔塔和蔚佳已经互通了 24 封邮件了，他们彼此早已成了无话不谈的好朋友。蔚佳时常会把她读到的故事发给艾尔塔一起分享，还给他发自己写的日记；而艾尔塔则会用程序把文字排成各种奇怪的形状发给蔚佳，甚至将信倒着写，想要逗她开心。

有一次，艾尔塔在信中对蔚佳说，不知道她究竟长什么样，如果他们之间的交流永远只能停留在文字上，那他可能一辈子都不会知道她的样子了。蔚佳的回信同样也充满了感慨，她说从一千年前人类在地球上的命运，她明白了这个世界上有三样东西是注定无法逃离的，一个是时间，一个是距离，还有一个是死亡。当时的科技比现在的“蔚蓝”至少还要领先一千多年，却无法拯救地球上所有人的生命，可见人类终归是渺小的生物，无法逾越光速、时间，以及生死的鸿沟。

蔚佳的这封回信深深刺痛了艾尔塔，这一年以来和蔚佳的聊天虽然没有对他的生活造成任何改变，但他的内心深处却在悄然发生着微妙的变化。艾尔塔发现他居然会觉得有些难过，一想到此生注定不能见到这个 4000 亿公里之外的人，心里有一个地方莫名收紧了起来，他忽然意识到自己应该做点什么，不该再这么毫无意义地活下去了。

从那以后，艾尔塔不再利用黑客技术从事违法的生意了，他找了份正经的工作，还利用空余时间一个人在地下室里通过互联网自学起了天文学和物理学。虽然他在这些专业上是零基础，但依靠他强悍的大脑与思维能力，他渐渐领悟了一些门路。

这一晃又是五年的时间，艾尔塔凭借他出色的计算机能力，最终在国家航天局里找到了一份研究员的工作。这五年里，除了忙自己的事情之外，他和蔚佳之间的通信也从未间断过。蔚佳现在已经 22 岁了，她在“蔚蓝”成了一名钢琴老师，教孩子们学习音乐。

由于彼此的生活都开始变得忙碌起来，他们之间的邮件不再像以往写得那么长了，多是关于自己的工作和生活，还有心情。但两个人之间的牵挂却丝毫没有减弱，毕竟这种固定的通信早已变成了他们生活中必不可少的一部分，这是一种习惯，也是一种依赖。

有一次蔚佳的回信晚了三天，让艾尔塔整日心神不宁，后来当他收到后，才发现原来是蔚佳用各种符号画了一幅简笔的自画像。她告诉艾尔塔，自己并不会程序，只能一个符号一个符号去打，然后慢慢调整，没想到最后居然画了一个这么丑的自己出来。

艾尔塔看到后笑得很开心，他小心翼翼地把这幅字符画用 A4 纸打印了出来，然后挂在了实验室里，每次工作之余，都会久久地望着它出神。

5

关于艾尔塔为什么会想要去国家航天局工作，蔚佳一直都没有明白，当然艾尔塔对此也总是讳莫如深。

她只知道艾尔塔手中的那颗维系着他们之间联系的通信卫星属于国家航天局，她很担心如果有一天艾尔塔的这种行为被发现了，不知他会落入怎样的境地。

在一封邮件中，蔚佳向艾尔塔表达了自己的担忧，但艾尔塔对此却不以为意。他回信说，自己的黑客技术是不会有纰漏的，并且这颗通信卫星是早已报废掉的，不会有除了他以外的人再对它感兴趣了。

但蔚佳之后说她更担心的一点是，如果他俩之间的通信有天暴露了，这意味着两个星球上的所有人都会知道彼此的存在，“异乡”和“蔚蓝”之间是否会为了争夺彼此星球的资源而开战呢？这是她最不愿意看到的结果。

艾尔塔看到这封邮件不禁哑然失笑，他没有告诉蔚佳，他现在在国家航天局研究的方向就是飞行器，无论是“异乡”还是“蔚蓝”，两个星球最快的载人飞行器的速度都不超过每秒 20 公里，这意味着即使发动战争，也要花超过 600 年的时间才能到达彼此的星球，这根本就是天方夜谭。

这正是时间与距离的可怕之处，虽然再长的时间和再远的距离，终有到达的那一天，但由于人类的生命是如此短暂，这才让时空变得如此残酷。

但对艾尔塔而言，更加残酷的事情还是发生了，公元 5416 年 6 月，蔚佳发来邮件说她结婚了。

这封邮件是这些年来蔚佳发来最短的一封，寥寥数行，说的都是婚礼的时间地点，以及她经历的整个过程，而关于她的心情，里面却只字未提。艾尔塔能读出字里行间的克制，与无法掩盖的抱歉与遗憾。

这天艾尔塔在电脑前坐了很久，他不知该如何去形容自己的心情——

究竟是难过，还是别的什么。他未曾想过自己居然会如此依赖这个素未谋面的遥远的姑娘，这些年来她慢慢改变着他的生活，也成了他继续走下去的动力，但她在这一天忽然属于另外一个人，这种失落感真的无法言说。

这就是所谓的“爱”吗？艾尔塔并不想承认这一点，他从来也没有被爱过，更不懂得如何去爱一个人。与其说他爱蔚佳，不如说他羡慕蔚佳，羡慕关于“蔚蓝”的一切。那个星球的美好并不仅仅是科技上的先进，他从与蔚佳这些年的通信中渐渐感受到，那里的人类是有灵魂的，他们有音乐，有美术，有文学，更重要的是，他们明白什么是爱。

于是艾尔塔最终还是选择了祝福，他同样回了一封并不长的邮件，把自己的想法统统藏在了心里，从这天起他开始明白，最好的交流或许不是毫无保留的坦诚，而是有选择性的沉默。

6

从那之后，艾尔塔将他的精力都投入了他的工作中，几年后，他从一个小研究员变成了整个实验室的总工程师，研究事业突飞猛进。而蔚佳则把重心放在了她的家庭上，几年后她有了两个孩子，生活幸福美满。

但他俩之间的通信却依然没有间断过，这是一个只属于他俩的小秘密，在生活细小的空余里，通过遥远而缓慢的星际邮件互诉衷肠，每个月一个来回，不多也不少，内容还像往常那样，关于生活，关于事业，还有关于这个世界的一切。

时间真的是个可怕的东西，十年，二十年，三十年，在茫茫的宇宙中或许只是须臾，但对他们而言，却已悄然度过了一生。

蔚佳最后一次收到艾尔塔的邮件是公元 5472 年 3 月。

这天，80 岁的蔚佳躺在病床上，让孙女检查一下她的邮箱里是否有一封邮件，并让她念给自己听。以往她是绝对不会让别人看自己的邮件的，但现在的她已经很虚弱了，没有办法再亲自去读了。

于是孙女把这封最后的邮件一个字一个字地读给她听。

你好，蔚佳，我是艾尔塔。当你读到这封信的时候，我已经不在这个世界了，其实这封信我很多年前就已经写好了，我叮嘱我的助手一定要在我去世的时候，把它发给你。

还记得很多年前，当我们都还年轻的时候，你曾对我说，作为人类，无论科技如何发达，都无法逾越光速、时间，还有死亡。这句话深深触动了我，这也是为什么我后来选择去了宇航局——我想要研究出这个世界上最快的飞行器，只要它能够超越光速，就能够超越时间空间，甚至生死。

但我最终还是失败了，我穷尽一生研究出的飞行器，速度也无法达到光速的万分之一。于是我明白了，人类真的很渺小，渺小到甚至无法改变自己的命运，无法去见一见自己想要见到的人。

然而我的这一生并不遗憾，我真的要感谢你，感谢你这么久以来的陪伴。我们虽然从未见过面，但你比我一生中见到的任何人都来得更加真实与真切。你教会了我很多东西，让我明白这个世界上除了活着以外，还需要去追求更多更有价值的东西，比如希望，比如美，比如爱。

我这一生都没有伴侣，也没有留下后代，对我而言，这一切并不重要。

我用尽一生试图去理解“爱”的含义，当我的生命即将走到尽头的时候，我才似乎有了一点感悟。或许爱本身并不是多么复杂的一个东西，它不需要学习，也无法被传授，它是我们人类与生俱来的一种能力。

我的骨灰现在应该被安放在我研究出的飞行器里，正朝着“蔚蓝”的方向飞去。这是我们星球目前最快的飞行器，每秒30公里，但也需要400多年才能到达。如果我这一生做过什么最接近爱的事情，或许就是它吧。

最后，请你相信，尽管在这个世界上，时间和死亡都是我们永远无法逃离的，但爱可以超越这一切。

再见，蔚佳。

听孙女念完这封邮件，蔚佳缓缓睁开了她的眼睛，对她招了招手。

“怎么了，奶奶？”

“我有一个心愿，我死后，请为我也准备一台飞行器吧。”

“您要做什么？”

“去赴一个200年后的约，我不想让他等太久。”

Illustrator **插图**

Page 006 | 牟林童
Page 007 | 嘉树
Page 011 | Shelia Liu
Page 012 | 象牙塔
Page 013 | 羊芳涛

Photographer **摄影**

Page 005 | J. Koo
Page 008 | 西西与弗斯
Page 009 | 宇华在苏格兰
Page 010 | AIX

幼稚园

你们人类的爱情
真难攻破

Chief Editor **主编** 韩寒

Planner **策划人** 吴畏 李潇

Executive Chief Editor **执行主编** 柳飞 朱华怡 向可

Product Manager **产品经理** 陈曦 常怡君

Executive Editor **执行编辑** 朱双南 董雯清 卫天成 金子棋 梁 莹 熊悦妍

Marketing Manager **营销经理** 倪晓瑾

Photograph Editor **图片编辑** 贺伊曼

Technical Editor **技术编辑** 顾逸飞

Special Printing Editor **特约印制** 刘淼

Art Director **美术总监** 山川 Gabryl Duke

Art Editor **美术编辑** Cincel Lin *from* 山川制本 workshop 果麦设计

Cover Illustrator **封面插图** 岑 骏

Illustrator **内文插图** 贤 二

Contact Us **投稿邮箱** one_hanhan@wufazhuce.com

Official Weibo **官方微博** @一个 App 工作室 @一个图书 @亭林镇无业青年
@果麦文化 @知书少年果麦麦

ONE·一个 果麦 GUOMAI

图书在版编目(CIP)数据

你们人类的爱情真难攻破 / 韩寒主编. -- 杭州：浙江文艺出版社, 2019.6
（幼稚园）
ISBN 978-7-5339-5742-1

Ⅰ. ①你… Ⅱ. ①韩… Ⅲ. ①中国文学－当代文学－作品综合集 Ⅳ. ①I217.1

中国版本图书馆CIP数据核字(2019)第123943号

责任编辑：金荣良

装帧设计：山川 Gabryl Duke

你们人类的爱情真难攻破
韩寒　主编

出版　浙江文艺出版社
地址　杭州市体育场路347号　邮编　310006
网址　www.zjwycbs.cn
经销　浙江省新华书店集团有限公司
　　　果麦文化传媒股份有限公司
印刷　河北鹏润印刷有限公司
开本　880mm × 1230mm　1/32
字数　182千字
印张　7.5
印数　1－17, 000
插页　10
版次　2019年8月第1版　2019年8月第1次印刷
书号　ISBN　978－7－5339－5742－1
定价　49.80元